KB198204

다운이는
콩다콩

서툴러도 로맨스

다운이는 콩다콩

초판 1쇄 발행 · 2024년 11월 3일

지은이 · 이다운

발행인 · 우현진
발행처 · 주식회사 용감한 까치
출판사 등록일 · 2017년 4월 25일
팩스 · 02)6008-8266
홈페이지 · www.bravekkachi.co.kr
이메일 · aoqnf@naver.com

기획 및 책임편집 · 우혜진
마케팅 · 리자
디자인 · 죠스
교정교열 · 이정현
CTP 출력 및 인쇄 · 제본 · 이든미디어

ISBN 979-11-91994-32-2(03810)

감성의 키움, 감정의 돌봄 용감한 까치 출판사

용감한 까치는 콘텐츠의 樂을 지향하며 일상 속 판타지를 응원합니다. 사람의 감성을 키우고 마음을 돌봐주는 다양한 즐거움과 재미를 위한 콘텐츠를 연구합니다. 우리의 오늘이 답답하지 않기를 기대하며 뻥 뚫리는 즐거움이 가득한 공감 콘텐츠를 만들어갑니다. 아날로그와 디지털의 기발한 콘텐츠 커넥션을 추구하며 활자에 기대 위안을 얻을 수 있기를 바랍니다. 나를 가장 잘 아는 콘텐츠, 까치의 반가운 소식을 만나보세요!

서틀러도 로맨스

다운이는
콩다콩

글 · 그림 이다운

Thanks to 장콩

사랑이 이 책을 만들게 했어.
사랑이 뭔지 알게 해줘서 고마워.

우리의 결혼을 축하해!

- 2024년 11월 3일 우니가 -

작가의 말

아침 일찍 친구들에게서 메시지가 와 있었다.

'다운아, 우리 오늘 산에 간다. 지리산으로 가고 있어. 다녀올게!'

아침 5시에 와 있는 문자에 의아했다. '지리산? 평소 산에 잘 가지 않는 너희가 왜? 게다가 오늘 날씨가 이런데, 새벽 5시에?' 창밖에 내리는 눈을 바라보면서 고개를 갸웃거렸다. 이어서 나도 모르게 조금 서운한 마음이 들었다. 나한테도 알려주지. 나도 산에 데리고 가지. 하지만 내색하지는 않았다.

'잘 다녀와! 눈 오는데 조심하고. 버스 타고 가?'

오후가 되어서야 답장이 왔다. '우리 다녀왔어…. 진짜 추웠어.' 이어 그날 있었던 일을 들려줬다. '다운아, 사실 지리산에 올라가는 프로그램이 있다고 해서 왔어. 여기 신청자들 성별이 투명하게 다 보이는데, 글쎄 비율이 딱 남녀 5:5인 거 있지? 혹시 좋은 사람이 있지 않을까 싶어서… 너한텐 말 안 하고 조용히 왔어. 또 새로운 사람과 같이 산을 오르다 보면 어떤 감정이 생길 수도 있잖아. 우리 예쁜 산악 패딩도 하나씩 사 입었다. 이거 봐, 분홍색.' 친구 한 명이 깜찍한 패딩을 입고 서 있는 사진이었다. '귀여운 모자도 쓰고 있네.'

'그런데 도착했더니 무슨 일이 있었는 줄 알아? 우리 빼고 다 신혼부부였다? 그래서 성비가 5:5였던 거야. 신혼부부를 위한 등산 여행 프로그램이었던 거야. 설산을 오르는데 우리끼리 서로 손잡아주고, 에너지바 까서 입에 넣어줘가면서 얼마나 의지가 됐는지 몰라. 오늘 찍은 사진 보여줄까?' 눈이 쌓인 산 정상, 신혼부부들 사이에 엄청나게 지쳐 보이는 친구들의 모습이 보였다. 웃음기 없이 볼만 빨간 채 새하얀 눈밭에 앉아 있는 내 친구들이.

‘애들아… 진짜… 진짜 좋은 사람 만나야 된다. 알지. 오늘을 잊지 마. 잊히지도 않겠지만. 이 정도 노력을 했으니 정말 좋은 사람 만날 거야.’ 우리는 젊은 날 각자의 러브 스토리를 써나가기 위해, 좋은 사람을 만나 잔잔해지기 위해 눈물을 한 바가지씩 쏟아가며 생쇼를 했다.

이 책에는 나의 사랑 이야기가 담겨 있다. 중간에 흙밭을 구르듯 힘들 때도 있었지만 주로 행복했다. 남편과 보낸 8년간의 시간을 50개의 에피소드에 눌러 담기에는 많이 부족하지만 ‘우린 이런 사랑을 했더랬지’ 하며 돌아보는 책이다.

‘생쇼 유경험자’가 조심스럽게 말해본다.

혹시 사랑을 찾기 위해 노력하고 있다면 끝끝내 지치지만 않는다면 그 사람을 반드시 찾아낼 거라고.

목차

일러두기

· 작가의 말투와 어감, 만화적 표현을 살리기 위해 만화 및 그림에 들어간 내레이션, 말풍선 등의 대사는 교정하지 않았습니다.
· 본 책은 좌철 방식의 책으로, 만화를 읽을 때 좌측에서 우측으로 읽습니다.

시청 문 닫기 직전이라
빨리 써서 제출해야 하는데

모르겠는 말 투성이인 종이

엄마가 장롱의 옷에 길게 튀어나온 흰 실밥을 만졌다.

"에구, 이거 뭐지? 뭐가 묻었나 했더니 실밥이구나.
떼주고 싶어라. 그런데 잘 떼지지 않네."

한참을 매만지던 엄마가 말했다.

"창민아, 우리 다운이 마음에 멍이 있더라.
멍이.

엄마도 다운이가 쓴 책을 보고야 알았네.

창민이가 있어서 다운이가 외롭지 않았나 봐.
덕분에 잘 이겨냈나 봐.

엄마는 다운이가 혼자 서울에 있어서 너무 걱정했어.
고마워, 강아지."

우리 엄마에게 강아지가 하나 더 생겼다.

결혼 일기 1

결혼에 대하여

사실 이 사람을 보고 첫눈에 알긴 했다. '어 잠깐만, 뭐야.'

성격이 급하긴 해도 이렇게까지 앞서나가는 사람이 아닌데 '와, 그렇게 궁금했던 내 남편(?)을 여기에서 만나는구나!' 하고 엄청 앞서나가버렸다. 이 사람 앞에 앉는 순간, 오늘이 내 인생에서 가장 중요한 역사적인 하루가 될 거라고 직감했다. 난 '이 사람과' 결혼하지 않는 삶을 생각해본 적이 없다. 엄마, 아빠가 결혼을 강요하지 않다 보니 오히려 더 꼼꼼하고 확실하게 알았던 것 같다.

* 내가 이 사람을 단순히 오래 만났다고 결혼할 거라 생각하는
  건가? / 아니다.
* 이 사람 아니면 내가 결혼을 하고 싶으려나? / 아닐 것 같은데.

당연스레 언젠가 이 사람이랑 결혼할 거라고 마음속으로는 생각하면서도 더 고민해봐야 하는 척을 했다. 집에서 남자 친구 얘기를 아꼈다. '결혼한다면 그때 진가를 보여줘야지' 하고 생각했다. 그렇게 입을 꾹 다물고 조용히 연애를 해왔으면서 언젠가부터 쉴 새 없이 물었다. "엄마, 나 결혼할까? 하지 말까? 결혼 꼭 해야 하는 거지? 만약 내가 안 한다고 하면 어떡할 거야?"

슬슬 결혼이 하고 싶은데 어떻게 말을 꺼내야 할지 몰라서 그랬던 것 같다. 엄마, 아빠는 내가 확신이 없는 건가 싶어 걱정이 됐을지도 모르겠다. '얘가 한 사람을 그렇게 오래 만나더니 왜 이러지.' 나는 조용히 8년 연애를 마무리하는 중이었다.

결혼 일기 2

너라면 그럴 수도 있겠다

꿈이 잘 맞는 친구가 있다. 평소에 꿈을 자주 꾸거나 하는 편도 아닌데 주변 태몽이란 태몽은 다 꾸는 친구다.

아침에 눈을 떴더니 친구에게서 연락이 왔다. 글쎄, 내가 결혼하는 꿈을 꿨다고 했다. 혹시 결혼하는 거냐고, 얘기 나온 게 있냐며.

그때 우리 주변에 결혼한 친구는 물론, 결혼을 준비하는 사람도 없었다. '우리가 결혼 얘기 비슷한 것도 꺼내본 적이 없는데 웬 결혼 꿈이래.'

그때 우리 관심사는 그저 어떻게든 일을 더 해보는 것, 그리고 어떻게든 여행을 떠나보는 것뿐이었다. 재미있는 꿈이라고 생각했는데 몇 시간 뒤 장롱에게서 취직했다며 전화가 왔다.

갑자기 무언가 일어날 것 같은 느낌이 들었다.

'어, 뭐지? 이상하네.'

사랑은 무슨 사랑

그러던 중 기숙사 친구가 해줬던 소개팅

또 만날 수 있을까요?

허걱..
제가.. 괜찮아요??

내심
사랑을 기대했다.

네?

처음해보는 소개팅도 아닌데 또 다.

죄송해요

좋은분
만나세요

좋은 사람 같았어

네

다들 사랑을 하는데
왜 나만

역시나 사랑은 무슨 사랑 이라고 생각 했었다.

내가 할 수 있는게
아닌건가

20대 초반에는 늘 친구들과 함께하면서도 외로웠다. 언제 사랑을 할까 참 궁금했다. 나는 대단한 미인이 아니다. 마음에 아주 안 드는 정도는 아닌데 얼굴은 둥글고 눈매는 진하며, 코는 작다. 누군가는 부리부리한 눈만 봐도 알겠다며 기가 세 보인다고 하고, 또 누구는 엄청 순할 것 같은 인상이라고 한다. 정확히 어떤 인상인지는 잘 모르겠지만, 확실한 건 전형적인 미인은 아니라는 사실이다. 키도 작고 딱히 날씬했던 적도 없다. 이성의 뭔가를 따지기에는 아쉬운 수준이라는 생각으로 살아왔다. 그래서 이상형을 당당하게 말하는 친구를 보면 그렇게 귀엽고 예뻐 보일 수가 없었다. '난 저런 말을 할 수 있는 사람이 아닌데…. 그래! 너는 그런 사람을 만나야지.' 나 같은 사람에게 무슨 이상형이 있겠느냐고 생각했다.

스무 살이 되던 해에 한 남자를 알게 됐다. 친구 따라 남의 학교에 놀러 갔다가 만난 그 사람은 내가 마음에 든다고 했다. "나는 네가 조그매서 좋아. 좀 통통하긴 한데, 마지노선이라 너까진 괜찮아. 그리고 넌 키 안 볼 거 아냐. 네가 그만하니 큰 남자는 못 만날 거고. 너한테는 내 키가 딱이야. 남자 키 커봤자 너랑은 뽀뽀도 못해. 그냥 나 만나. 너도 나 괜찮을 거 아냐."

그 사람이 다이소 가격 태그가 붙어 있는 조화를 꺼내 내밀었다. 1500원짜리 태그가 붙어 있는 조화를 받아 들고 하숙집으로 돌아가는 길에 뭔가를 깨달은 듯한 기분이 들었다. '키 작고 통통한 나는 뭘 따지면 안 되는 거구나. 딱히 뭘 따져본 적도 없지만.' 슬픈 깨달음은 아니었다. 그냥 그런가 보다 하는 마음이었다. 골목길에 들어서는데 쓰레기통이 보였다. 손에 들고 있던 조화를 그 안에 구겨 넣었다. 그 이후 그 사람을 다시 만나는 일은 없었다.

학부 시절 기숙사에서 사귄 친구 모임이 있다. 남도학숙이라는 기숙사에서 만난 우리는 학교도, 나이도 모두 달랐다. 모임의 시작은 영어 스터디 동아리였다. 모임의 막내가 같이 영어 공부할 사람을 찾는다는 내용을 쓴 종이를 벽에 붙였고 관심을 보인 친구 네 명이 모였던 것으로 기억한다. 어색하게 모인 넷은 머리를 맞대고 영어 공부를 했는데 조금씩 가까워지면서 모임이 변질되어갔다. 공부의 비중이 좀 줄어드는가 싶더니 마지막쯤엔 그냥 치킨 시켜 먹는 모임이 되었다. 이 사람들은 내 마음속 서울 식구들이었다.

그러다 하나둘 기숙사를 떠나면서 모임이 점점 뜸해졌는데 다음 해 봄, 모임의 막내가 네 명을 모았다. "언니들이랑 치킨 먹고 싶어! 우리 개강하면 한번 볼까?" 그렇게 우리 넷은 아직 찬 바람이 부는 새 학기 초에 한강에서 다시 모였다. 사는 이야기를 나누다 자연스럽게 대화 주제가 연애로 바뀌었다. 기숙사를 가장 먼저 떠난 공대생 친구는 우리에게 소개팅을 해주고 싶다며 이상형을 물었다. 숙맥이던 우리는 하나같이 머뭇대며 소개팅 같은 건 하지 않아도 된다고 내빼기 바빴다. 하지만 그러면서도 내심 내 이상형에 대해 은근히 생각해봤다. 그런데 도저히 모르겠는 거다.

이상형을 뭐라고 말해야 할까? 내가 따지는 게 있다고 말해도 되는 걸까? 그런데 내가 따지는 게 있기는 했던가? 뭐 하나라도 말했다가는 듣는 친구가 웃을지도 모른다고 생각했다. 그래서 내 이상형은 '착한 사람'이라고 대답했다. 뭔가 더 없냐는 질문에 정말 착하기만 하면 된다고 했다. "사실은 아직 뭘 봐야 하는지도 모르겠고, 어떤 사람을 좋아하는지도 잘 모르겠어."

일단 알겠다던 친구가 정말 유한 남자를 소개해주었다. 그분과 이어지기는 어려웠지만 고심해서 착하고 좋은 사람을 소개해주었을 친구가 너무 고마웠다. 그리고 며칠이나 지났을까, 친구가 다시 한번 물어왔다.

"다운아, 혹시 이제는 알 것 같아? 어떤 사람을 원하는지?"

처음으로 내가 좋아하는 사람은 어떤 모습일까 곰곰이 생각해봤다. 나도 이상형이 있어도 되는 사람이구나 하는 해방감까지 들었던 것 같다. "나는 몸집이 큰 사람을 좋아하는 것 같더라. 나처럼 감정이 요동치는 사람보다 잔잔한 사람이면 좋겠고, 좀 다정했으면 좋겠고."

반말남

이 와중에 이 남자 첫마디가 글쎄

찔리길 바라며 정중하게 존대를 했다.

남자 앞에서 입도 못 떼던 나였는데 어째 남자랑 처음 있는데도 말이 술술 나왔다. 눈은 잘 못 마주쳤지만, 마음이 엄청 불편하거나 하진 않았던 것 같다.

미팅에 몇 번 같이 나갔던 친한 동기 언니에게 요즘 데이트하는 남자가 생겼다고 했다. 깜짝 놀라는 모습을 보니, 지난날 미팅에서 내가 얼마나 입을 꽉 다물고 있었던 건가 싶어 새삼 웃겼다.

실은 이 사람을 만나 연애하면서도 제법 긴 시간 동안 낯을 가렸다. 한 3년은 그랬던 것 같다. 2주 정도 여행이라도 갔다 와서 다시 만나면 잠깐 동안 어색했다. 그러다 뭔가 먹으면서 20~30분 이야기하다 보면 다시 절친한 사이로 돌아오곤 했다.

장롱은 그런 내 모습을 재미있어했다.

첫 만남

금요일 저녁에 우리 학교 앞에서 만나기로 했다.

"스무 살로 돌아갈 수 있다면 돌아갈 거야?"

친구들과 가끔 하는 하등 쓸데없는 '만약에 놀이'. 이 질문에 나는 절대 돌아가지 않겠다고 답한다. 이유가 뭐냐고 묻는다면 '20대가 너무 힘들었기 때문'이라고 하겠지만, 사실 아주 큰 이유는 장롱이다. 아등바등 이 사람을 다시 만나기 위해 또 헤매야 한다고 생각하면 정말 아찔하다.

그날 이 사람을 만나지 않았더라면 인생에서 모르고 살았을 것이 너무나 많았겠다는 생각을 한다. 유치하지만 좋아해서 둘이 자주 하는 대화가 있다.

"있지, 장롱. 그날 우리가 만나지 않았더라면 평생 모르고 살았겠지?" "아니~ 내가 알아볼 건데~ 내가 찾아낼 건데~"

내가 뻔한 걸 이렇게 좋아하는 인간이었던가. 정말 우습고 유치한 사랑이다.

친구는 할 수만 있다면 과거로 돌아가겠다고 한다. 돌아가면 묻지도 따지지도 않고 비트코인을 사겠다고 하길래 솔깃했다. 그때 이것저것 무지성으로 사 먹을 때가 아니었던 것 같다며.

왜 이리 어설픈지

그리고…

처음 만나기로 한 가게에 들어섰을 때 내가 실물로 본 사람 중 제일 커다란 사람이 앉아 있었다. 그 사람 말고는 가게 안에 아무도 없어서 헷갈릴 것도 없이 바로 그 자리로 직진했다. 포토샵에서 '컨트롤 + t' 키를 누르고 쭈욱 늘린 것처럼 커다란 사람이 작디작은 의자에 앉아 있는데 의자가 불쌍하다는 생각이 들었다.

꺼뭇한 피부에 체격이 다부진 사람이 손을 모으고 있었다. 만나기도 전에 뭐라 해서 그랬는지 미안해하는 듯한 태도였는데 눈이 마주치니 슬쩍 웃었다. 그때 깨달았다. 아마도 내 이상형이었던 것 같다. 웃는 얼굴이 순수했다.

살면서 처음으로 마음에 드는 사람을 만났는데 야속하게도 자꾸만 화장실에 가고 싶었다. 내 방광은 왜 이렇게 조그마한 걸까. 술 한 모금 마실 때마다 화장실에 가고 싶어져서 혼났다. 결벽증이라도 있는 것처럼 갑자기 손을 씻어야겠다면서 엄청 들락날락거렸다. 화장실 거울 속 붉은 얼굴을 바라보며 "미친 거 아니야? 쉬, 제발 그만"이라고 중얼거렸다.

장롱이야

볼수록 참 괜찮은 사람 같았다.

누가 그 사람이 왜 마음에 드느냐고 물으면 착해서 좋다고 했다. 어른들은 짝꿍을 고를 때 무조건 착해야 한다고 한다. 꼭 착한 사람을 만나라고 한다. 그런데 '착함의 기준'이 무엇일까?

세상에는 착한 사람이 참 많은 것 같다. 남들에게 간이고 쓸개고 다 퍼주는 사람도 착하고 일단 내 사람이 우선이라 생각해 내 사람부터 살뜰히 챙기는 사람도 착하다. 앞에 앉아 있는 사람 앞니에 낀 커다란 고춧가루를 보고도 못 본 척해주는 사람도 착하고, 이에 낀게 있으니 빨리 확인해보라고 알려주는 사람도 착하다.

이렇게 많고 많은 '착한 사람'들 중에 나한테 착한 사람은 누구일까 알아보는 것이 중요한 것 같은데….

이 사람은 나한테 착한 사람이었다.

당신의 시작

연락처를 주고 받고 각자 집으로 향했다.

동네에 도착하니
길에 프리지아를 팔고 있었는데

매주 토요일에 만나 밥도 먹고, 커피도 마시지만 연인은 아직 아닌 사이. 팔이 닿을락 말락 한 거리를 두고 함께 걷는 사이가 됐을 때 스파게티집에 간 적이 있다. 메뉴를 살펴보는데 우리가 시키기에 적당할 듯한 세트 메뉴가 있었다. 문제는 세트 이름이 '커플 세트'라는 것.

부끄러워서 다른 세트 메뉴는 없나 뒤적거렸다. 그런데 같은 값에 음료 두 잔까지 서비스로 나오는 메뉴는 이놈의 커플 세트뿐인 거다. 화끈거리는 얼굴로 "우리 이거 먹을까? 나는 카르보나라 먹고 싶어. 내가 하나 골랐으니 스파게티 하나 골라주라"라고 하니 그러자고 한다. 그가 메뉴판을 짚으며 주문을 했다. "저희… 이걸로 할게요."

그러자 종업원이 큰 목소리로 물었다.

"커플 세트는 메뉴를 두 가지 선택할 수 있는데 어떤 걸로 하시겠어요?"

붉어진 얼굴로 후다닥 주문을 마치고 나니 곧장 들리는 소리.

"2번 테이블, 커플 세트 있습니다!"

같은 날, 식사를 마치고 카페에 들어간다는 게 사주 카페에 들어가버렸다. 모르는 척 들어간 게 아니고 정말 몰랐는데 사주 카페였다. 들어갔더니 묘한 분위기가 흐르길래 뭔 놈의 카페가 이렇게 생겼나 당황했다. 그때의 나는 얼마나 숙맥이었는지, 남자랑 걸어 다니니까 지금 자기가 어디로 들어가고 있는지도 모르고 나사 하나가 빠져버렸던 것 같다.

그제야 사주 카페라는 걸 눈치 챘지만 당황하지 않은 척 마실 것을 주문했다. 커피만 마시다가 나갈 수 있을 줄 알았는데, 사장님이 다가오셨다.

"둘이 짝꿍이야?"
"네?"
"둘이 짝꿍이냐고."

잠시 정적이 흘렀다.

"…비슷한 거 같은데요."

그날 사귀기도 전에 그 자리에서 처음으로 궁합을 봐버렸다.

"응, 둘이 좋아, 정말 좋다. 결혼은 너무 이르니까 천천히 해.
나중에 결혼하면 되겠다. 재밌게 지내, 둘이."

짝꿍, 커플이라는 말만 들어도 수줍은 날이었다.

결심

이 사람은 식당에서 나오는 반찬 중 내가 먹지 않는 걸 가지고 간다. 해초 같은 것을 자기 앞으로 끌고 가고 내 앞에는 내가 잘 먹는 양념게장 같은 것을 가져다 둔다.

우리는 식당에 가면 예쁘고 맛있는 부분은 두고 맛이 덜한 부분을 먼저 건드린다.

"좋은 거 먹지. 그건 나 주고…."

삼겹살이라도 구워 먹을라치면 어째 끄트머리부터 젓가락이 향한다. 쌈밥집에 가면 두루치기가 남는다. 스파게티 두 접시를 시키면 꼭 좀 더 맛있는 쪽이 남는다.

가족한테나 할 법한 행동인데, 이 사람한테는 그렇게 되는 게 신기했다. 이 사람 입에 들어가는 게 좀 더 맛난 것이었으면 하는 마음이 들었다(음식을 넉넉하게 시켜서 아쉽지 않게 먹으면 되지 않나 싶지만, 그런 말을 하기엔 우리는 음식을 너무 많이 먹는 대식가다).

대학생 시절 처음으로 동물원에 간 적이 있다. 그날은 도시락을 만들어서 나갔다. 당시에 쥐꼬리만 하지만 인턴 월급을 받고 있던 나는 그 적은 월급을 쪼개 식재료를 잔뜩 사다가 음식을 만들었다. 아침 일찍부터 만든 도시락을 눈앞에 펼쳐놓았더니 이 사람이 엄청나게 고마워하며 손도 못 대고 쳐다만 보고 있었다.

도시락 안에 조그마한 닭꼬치도 몇 개 만들어 넣었는데, 이 사람이 하나하나 조심스레 꺼내 먹어보더니 닭꼬치를 여러 개 급히 낚아채 와구와구 먹다가 나랑 눈이 마주쳤다.

말은 안 했어도 아마 맛이 없었던 게지….

결혼 일기 4

너라면

결혼 준비를 시작하니 식구들이 나를 자꾸 놀라게 한다. 먼저 엄마가 변했다. 아빠가 나한테 장난이라도 치려 하면 그러지 못하게 한다.

"이제 좋은 모습만 보여, 다운이한테는."

우리 엄마, 아빠인데 왜 나한테 그런 모습을 보이라고 하는 걸까 서운해지려 할 때 언니가 물었다. "엄마, 다운이가 결혼한다고 하니 마음이 좀 그렇구나?" 말이라도 아니라고 할 줄 알았는데 엄마가 맞다고 했다. 시부모님의 좋은 모습과 비교라도 될까 걱정이 된다면서. 내가 엄마 딸인데도 그런 마음이 드는구나 싶어 놀랐다.

매일같이 전화를 주고받던 아빠는 한동안 내게 전화를 걸지 않았다. 나한테 거리를 두는 연습을 하는 것 같아서 속이 상했다. 물론 지금은 다시 자주 전화하고 있지만.

언니는 온 가족이 저녁 식사를 하던 중 식탁 아래에서 조용히 돈 봉투를 건넸다. "동생, 돈 쓸 일 진짜 많지? 이걸로 냉장고 사." 요즘 대학원 학비 내느라 빠듯할 텐데, 맨날 회사 점심시간마다 시나몬 라테를 사 먹을까 말까 고민하면서 (물론 고민만 하고 늘 사 먹긴 하지만) 나 시집간다고 돈 뭉치를 준 것이다. 냉장고 값을 받아 들고 입고 있던 옷 소매가 다 젖도록 울었다. 그 모습을 보고 우리 가족이 조용히 웃었다. 소리 나지 않는 웃음이었다.

두세 달에 한 번 연락할까 말까 하던 일곱 살 어린 남동생이 오히려 자주 연락해왔다. "누나, 요즘 바쁘지?", "누나! 어떻게 지내?" 이런 걸 할 줄 모르는 녀석이 이런저런 말을 걸어온다.

사랑하는 우리는 지금 온 마음을 기울이고 있다.

사랑하게 될 사람

작년 가을, 찬 바람이 휭 부니 어머님이 입고 계시던 옷을 급히 벗어서 입혀주셨다. 빨리 입히려고 급하게 팔을 빼시는 모습에서 한 번 놀랐다. "이거 엄마한테 좀 짧나 했더니 우리 다운이한테 딱이네. 몸이 따뜻해야지. 이거 입고 가. 가져도 되고."

그리고 어머님이 누군가에게 나를 소개할 때 하신 말씀에 이어 놀랐다.

"제가 사랑하게 될 사람이에요."

사람들이 결혼 준비가 어렵다고들 하면 뭐가 그렇게 힘든지 궁금했다. 주말이면 만나 떨어지는 꽃잎을 바라보고 커피를 마시면서 심심해하는 평온한 시간. 그런 주말을 앞으로 계속 같이 보낼 수 있다는데 할 만한 일이 아닐까 생각했다. 하지만 예상과 달리 결혼 준비는 낭만적이기만 하거나 설레기만 하는 일이 아니었다. 바쁘고 현실적인 문제가 매주 새로 생겨났다.

차근차근 준비해보려 해도 세상은 나를 흘러가는 대로 놔두지 않았다. "그거 아직 안 했다고?", "그거 안 한다고?", "웨딩 플래너 없이 결혼을 해?" 결혼식에 큰 욕심은 없지만 나름 최선을 다하고 있었는데 남들 다 한다는 걸 하나라도 놓치면 모두 기겁을 했다. 내가 뭔가를 단단히 잘못하고 있는 것처럼 느껴졌다.

웨딩 촬영을 하러 갔을 때였다. 스튜디오에서 내게 '헤어 실장님'이 어디 계시냐고 묻길래 그분이 누구시냐고 되물었다. 거기 있던 사람들이 다들 입을 떡 벌리고 이런 신부는 처음 봤다고 했다. "아하하, 너무 무심하신 거 아니에요? 열에 하나 있을까 말까 한, 결혼식에 욕심 없는 쿨한 신부시네요!" 그래서 도대체 헤어 실장님이 누구시냐 물으니, 보통 촬영 중 머리 스타일링을 도와주는 분을 신부들이 섭외해서 함께 다닌다고 했다. 나는 그런 분이 있는 줄도 몰랐는데….

언젠가는 주말 이른 아침에 백화점에 앉아 눈을 끔벅이고 있었다. "오늘 계약 안 하시면 진짜 늦어요, 신부님. 어쩌려고 이것도 아직 안 하셨어요." 그냥 다 때려치우고 우리가 자주 가던 치킨집에 가고 싶었다. 내가 그래도 좋아하던 우리의 평화로운 주말은 어디로 간 걸까.

결혼 준비 외에도 해야 할 일이 태산 같았다. 20대 내내 결혼하면 타고 다니려고 '자동차를 위한 저축'을 했다. 그렇게 오랜 시간 모아온 돈으로 자동차를 구매했다. 자동차라는 게 사면 바로 타고 집에 갈 수 있는 건 줄 알았는데, 아니었다. 기다렸다 받아야 하는 것이었다. 그렇게 꼬박 8개월간 기다려서 받은 차는 뽑기 실패로 불량차였다. 불량 차를 인수받은 날, 내 인생 첫 단행본이 세상에 나왔는데, 글쎄, 그날 인쇄 불량까지 터졌다. 책을 준비하는 과정보다 이게 더 힘들었다. 노란색 잉크가 군데군데 찍혀 나오는 일이 생겼다. 책을 구매해주신 독자님들로부터 연락이 쏟아졌다. 휴대폰이 불이 난 것처럼 뜨거웠다. 온종일 휴대폰을 붙잡고 사과를 했다.

다행히 자동차 회사에서 해당 차가 불량 차라고 판정했다. 하루도 채 타보지 못했던 차는 빠르게 회수되었지만, 수개월간 돈을 돌려주지 않아서 애를 먹었다. 씨름 끝에 겨우 환불받았다.

인쇄 불량 도서도 출판사의 재빠른 대처로 무사히 교환 처리되었다(노란 잉크가 군데군데 묻은 책을 보고 가로등 불빛에 비춘 것 같은 러키한 책이라며 그대로 받아보시는 독자님들도 계셨다. 이 정신없는 와중에 얼마나 복된 일인가.).

이런 일이 동시에 터지는데 갑자기 들려오는 모든 것이 버겁게 느껴졌다. 짐을 싸 들고 휴대폰을 덮어두고서 며칠간 혼자 제주도로 가버렸다. 신혼집 인테리어가 시작된다는데 가서 살펴볼 정신도 없었다. 제주에 도착해서 커다란 창이 있는 카페로 들어갔다. 돌고래를 볼 수 있지 않을까 하고 가만히 창밖을 바라보고 있었는데 장롱에게서 전화가 왔다. 더 해야 할 일이 있는 건가 싶어 긴장한 채 전화를 받았다.

"우나, 엄마가 전화하고 싶다고 해서 내가 하지 말라고 했어. 요즘 잠을 잘 못 자서 잠깐 쉬러 제주도에 갔다고 했어. 우리 집 인테리어도 시작했는데 내가 잘 보고 있을게. 아무것도 생각하지 말고 회도 시켜 먹고 커피도 사 먹고 해. 쉬다가 조심히 와."

그날은 정말 회를 사 먹고 휴대폰을 엎어두고 잠들었다. 자고 일어나니 어머님의 문자가 와 있었다.

'우리 다운이, 공기 좋은 곳에서 좀 잤니? 잘 자려고 내려갔다니 마음이 찡해서. 다운아, 여행은 갔을 때보다 준비할 때가 더 설렌다 고들 하잖아. 우리 천천히, 행복하게 하자.'

짧은 글에서 보낼까 말까 망설이신 고민이 느껴졌다. 힘들던 마음에 빛이 드는 것 같았다. 짧은 답장을 드리고 그대로 누워 또 스르르 잠에 빠져들었다.

내 인생에 사랑하는 사람이 늘어가겠구나 싶었다.

매주 토요일 로맨스

〈 연극 영화의 이해 〉
교양 수업 중···

우읍··

소개팅 날 술을 무리해서 마셨더니만
며칠 째 속이 아팠다.

교수님이 과제를 내셨다.

연극
꽃의 비밀〉

대학로에서 연극을 보고
감상 레포트를 적어오세요

중간고사
대신입니다.

네

수업을 마치고 예매를 알아보는데

음..
평일에 갈까..
내일?

으음....

대학교에서 들은 첫 수업은 영어 교양 수업이었다. 첫 수업에서 어떤 애가 나를 빤히 쳐다보며 이를 드러내고 웃는 거다. 교정기를 낀 흰 치아, 반짝이는 동그란 눈. 나는 그 애가 몇 살인지도 모르면서 수업이 끝나자마자 다가가서 냅다 말을 걸었다. "안녕? 짜장면 먹으러 갈래?"

대학교에서 처음 사귄 친구였다. 과는 다르지만 다행히 같은 학번, 동갑내기 친구였다. 나이가 달랐으면 아주 어색해질 뻔했다.

그 애랑 나는 딱 한 학기 교양 수업을 같이 들었으면서 친구가 됐다. 그 아이는 학교 근처에서 술을 마시면 꼭 우리 과방에 와서 잤다. 내가 없어도 그냥 와서 잤다. 내 친구라는 걸 아는 우리 과 친구들이 박스 같은 걸 덮어주었다고 한다.

우리는 연애를 정말 궁금해했다. 공강 시간이면 학교 앞 1000원짜리 아메리카노를 사 와서 교정에 놓인 벤치에 드러눕고, 공원에 가서 드러누워가며 그런 말을 했다.

"야… 너… 남자랑 뽀뽀해봤냐?"
"…쩝… 너는?"
"비밀."

우리는 남자만 보면 굳어서 미팅도 잘 못 나가는 주제에 나름 사랑을 꿈꿨다.

나의 순간

연극을 보러 가기로 하자마자

언니 나 뭐입어?

쇼핑가자 데이트라니!!

나 신발도 없어..

바로 동기언니랑 옷을 사러 학교 앞 옷가게에 갔다.

급히 산 옷을 입고 나온 대학로

안녕!

안녕

멋을 부린 것 같았다.

저 짧은 머리에 왁스를

빡

빡

힐끔

연극 시작 전,

두부랑 된장을 비벼먹는 밥집에 갔는데

꼭꼭 씹어먹어

이때까지도 속이 안 좋아서 부드러운걸 먹으러 왔다.

조금 이른 듯 하지만
이 밤톨이를 좋아하게 된 순간은 이때였고

이 사람은 같은 날 다른 순간에
내가 좋아졌다고 했다.

대학교에 다녀보겠다고 본격적으로 버스를 타고 서울로 왔다. 평생 수도권에 살다가 부모님의 귀향으로 처음 이용해본 고속버스 터미널. 터미널에 와볼 일이 없었던 나는 바삐 캐리어를 내리는 대학생들을 보며 신기해했다. '앞으로 4년간 개강 시즌에는 여기서 이런 풍경을 자주 보겠구나.'

지하철을 타려고 지하로 들어섰다가 엄청나게 큰 옷 지하상가가 있는 걸 보고 깜짝 놀랐다. 나도 이제 새내기로 살아남겠다며 2만 원짜리 쇼퍼 백 하나랑 옷가지를 잔뜩 사고 촌스러운 워커도 두 켤레 샀다. 그러고는 메고 있던 백팩에 옷가지를 가득 담아 하숙집으로 들어가 하나하나 걸어두었다. 그날 옷을 잔뜩 산 뒤로는 딱히 기억에 남는 옷 쇼핑을 한 적이 없다. 용돈이고 알바비고 먹는 데 쓰는 게 99퍼센트였지 옷을 사는 데 쓰는 일은 거의 없었다. 학과에서 맞추는 단체 티셔츠가 예쁘게 잘 나와서 그걸 돌려 입고 다녔다.

장롱을 만나고 나서야 처음으로 위기감 같은 것을 느꼈다. 남자 친구랑 주말에 잘 놀고 집에 들어오면 한 주 내내 '다음 주에 뭐 입고 나가지?' 하고 고민했다. 옷이 없어도 너무 없길래 매주 옷 쇼핑을 했다. 겹치지 않게 매번 새로운 옷차림을 보여줘야 한다고 생각했던 것 같다.

그런데 이 사람은 도대체 무슨 생각인지, 언젠가 체크무늬 셔츠를 입고 오더니 다음 주에도 그 셔츠를 입고 왔다. 그리고 그다음 주에도 체크무늬 셔츠를 입고 왔다. 연달아 세 번 그 옷을 봤을 때 평펑 울고 말았다. 나는 매주 옷 고민을 하는데 나한테 잘 보일 생각이 없는 것 같아서 서운한 마음이 들었다고 고백했다.

그는 사과하며 말했다. 가진 옷 중 이게 제일 새것이고 예뻐서 한 주 내내 입지 않고 아껴놓았다가 주말에만 입었다고.

그리고 너의 순간

연극이 끝날 무렵이 되니 정신이 돌아와서

아..

이거 과제였지 레포트 어떡해

집 - 중

내용 뭐였어

마지막 부분만 엄청 집중해서 봤다.

나는 결말만 알고 간다..

그리고 집에 가려니 카페 가자고 해서 따라왔는데

...

마주 앉기만 하면 고장

이러고 나니 연극 내용은 머리 속에서 다 삭제됐고

네이버 줄거리 검색해서 레포트 써냈당 히히

...

저런..

C+ 받음..

이것은 네이버 줄거리 요약본이 분명.. 티켓은 예의상 붙여냈구만..

기억에 남는 서툰 순간이 있다.

떡꼬치였던가 핫도그였던가, 자세히 기억나지 않지만 뭔가를 같이 손에 들고 먹던 날. 장롱 볼에 소스가 묻었는데 나도 모르게 손이 먼저 나갔다. 이미 손이 볼에 닿아버렸는데 그대로 굳었다.

짧은 시간 관찰해본 결과 이 애는 뭔가 머쓱하거나 부끄러운 일이 생기면 위아래 입술이 오므라들면서 인중이 통통해졌다. 인중이 통통해진 채 고개를 슬쩍 내려주는데 닦다 말고 반대 손에 들고 있던 휴지를 내밀었다.

그 서툰 순간을 두고두고 미워했다. 아니, 이왕 손이 닿았으면 그냥 닦아주면 그만이지, 왜 거기서 굳어버렸을까. 그런데 이젠 그 기억이 그렇게 밉지 않고 그립다.

때로는 서툴러서 예쁜 기억도 있다.

바뀐 요금제

내 마음속 숙제 같은 것이 있었다.

'남자 친구가 생기면 해야 할 일 1위! 반드시 남산타워에 가서 자물쇠를 걸어야 한다.'

이 사람을 사귀자마자 숙제를 해냈다. 정신없이 남산타워 매점에서 연두색 하트 자물쇠를 두 개 샀다. 그런 다음 집에서 챙겨 온 네임 펜으로 자물쇠에 짧은 메시지를 적어 걸으니 숙제가 끝났다.

대롱대롱 걸린 자물쇠를 보니 '어라, 이젠 뭘 해야 하지?' 싶었다.

'휭' 하고 꽃샘추위를 부르는 찬 바람이 불어왔다. 장롱이 입고 있던 카디건을 벗어주었다. 커다란 그의 옷을 걸치고 멀뚱하게 계단 위에 서 있었다. 계단 한 칸 아래 있던 그는 애매하게 꼿꼿한 자세로 내 관자놀이 가까이에 얼굴을 딱 붙였다. 내 볼에 입을 맞추는 것도 아니고, 그렇다고 안는 것도 아니고… 관자놀이에 느껴지는 콧김.

연애가 시작되는 순간이었다. 숙제는 없어졌다. 이제 우리가 뭘 함께 해나갈지 정해야 했다.

오늘부터 우리는

왜 이 나무만 꽃이 늦게 피는걸까 검색해보고

멋지다
이게 겹벚꽃 나무구나

꽃잎이 커

오

겹벚꽃 나무라는 걸 알게 된 우리는

봄에 쌓아온 마음을 이야기했다.

널 생각보다 많이
오래 좋아하게 될 것 같아

어? 어? ?

??

멈칫

사귀는건가?

그럼 이제
어떻게 되는거지?

??

찌질

그럼 나
친구들한테
너 뭐라고 해...?

갑자기 얼렁뚱땅 남친이 생기는게 싫었던 건지

청계천에 앉아서 이상한 대답을 했다.

첫 연애를 시작했을 때, 하고 싶은 게 너무 많았다. 커플 반지도 끼어보고 싶고 커플 티도 입어보고 싶었다. 그런데 이 사람은 옷이고 신발이고 뭐 하나 사서 걸치기가 쉽지 않은 몸집이었다.

운동화를 사려면 매장에 가서 "혹시 300짜리 신발 있어요? 295도 괜찮고요"라고 물은 뒤 사이즈 있는 걸로 신는 것이 그의 쇼핑법이었다. 마음에 들어서 사기보다는 일단 맞는 게 있으면 샀다. 큰 사이즈를 다시 만나기가 어렵기 때문에 당장 사고 봐야 한단다.

커플 티를 입어보고 싶었는데, 어느 날 길거리 상점에 걸려 있는 굵은 줄무늬 티셔츠를 보고 발길이 멈췄다. 생각보다 큰 사이즈인 것 같아서 사장님께 여쭤봤다.

"이거 남자가 입어도 되나요?"

남자 옷을 사본 적이 없어, 도저히 감이 안 와서 머뭇대고 있으니 사장님이 사도 될 것 같다고 하신다.

"이거 남자한테도 맞지. 오버사이즈로 나온 옷이잖아."

그렇게 호피 무늬 봉지에 담긴 티셔츠 두 장을 들고 신나게 그를 만나러 갔는데 막상 건네려니 너무 부끄러워서 얼굴이 터지려고 했다(당시 길거리 옷 가게들은 호피 무늬 봉투에 옷을 담아줬다). 한참을 고민하다가 봉투를 내밀었는데 그 애가 꺼내 든 티셔츠가 너무 작아 보였다. 크게 당황한 나를 본 장롱이 허겁지겁 길 위에서 입고 있던 옷 위에 그 티셔츠를 억지로 구겨 입었다. 누가 봐도 터질 것 같은 짧고 작은 배꼽티 같은 옷을. 살 조금만 빼면 잘 맞을 것 같다면서 위아래로 옷을 죽죽 늘리는 장롱의 모습을 보며 어쩔 줄 몰라 했다.

정말 그렇게 커플 티가 입어보고 싶었냐며 마음속으로 스스로에게 계속 물었다. 그 옷은 빼앗아 와서 내가 잠옷으로 3년 정도 잘 입었다.

새로운 가족

시댁분들과 같이 찍은 사진에 눈에 띄는 사람이 있다. 나다. 나만 눈에 띄게 작다. 혼자 돌을 딛고 올라가 서 있는데도 가장 작아서 민망했다.

우리 집에서도 제일 키가 작은데, 키가 훤칠한 시댁 가족 사이에 있으면 확연히 작다(심지어 할머님이 키우시는 고양이도 엄청 크다). 어머님은 작고 예쁜 것을 보면 나 같다고 하신다.

"작은데 야물다~ 야무지고 예쁜 것이 꼭 우리 다운이 같네."

아이를 낳고 싶은 이유를 생각해보면 정해진 수순을 밟고 싶다는 욕심, 그리고 내가 사랑하는 어른에게 큰 기쁨을 주고 싶다는 욕심이었던 것 같은데 요즘 시어머니를 통해 조금 다른 생각을 하게 됐다.

먼 미래에 내 아이가 생긴다면 사랑하는 사람을 데려왔을 때 이런 어른이 되어줄 수 있다면 좋겠다고 생각했다.

그동안 상상도 못했던 것까지 상상해보게 된다.

왜 그러나 했다

한동안 결혼 준비를 하는게 재미나서 웃었다.

속닥..

왠지.. 웃겨..

나보고 신부라고..

가족들과 카페에 가서 요즘의 일들을 줄줄 말했다.

굿~

어쩌구..저쩌구..

주절 주절..

그게 문제가 아니다 살 좀 빼라 딸아

동생

근데 신부 입장은 어떻게 할거야?

?

몰라

요즘 신부 입장할 때 신랑 신부 둘이서도 많이 들어간다던데

결혼을 하면 세상이 뒤집어진다고, 인생 2막이 펼쳐진다고들 하는데 이 말이 어느 정도는 공감되는 말이 됐다. 가족이 늘어난다.

생판 모르던 분들과 이게 될까 싶었는데, 된다.

내 마음속 욕심도 결이 조금 달라졌다. '일을 열심히 하고 싶은 마음'이 가장 큰 욕심이었는데, 어느 순간 '지금처럼 내 가족과 행복하고 싶다. 이 일상을 지키고 싶다'는 부드러운 욕심이 마음속에 생겨났다.

상견례날 어머님이 갑자기 할머님께 뭔가를 내미셨다.

"어머님, 이거 다운이 주세요. 깜짝 선물."

할머님을 통해 건네받은 건 비단 주머니였다. 주머니 안에는 오래된 케이스에 담긴 쌍가락지가 있었다. 온 가족이 보는 앞에서 반지를 선물 받았다. 35년 전 어머님이 결혼하실 때 할머니가 선물로 맞춰주신 것인데, 오늘 이걸 물려주려고 가져오셨다고 한다. 장롱의 여동생, 우리 아가씨랑 하나씩 나눠 끼었으면 좋겠다고, 앞으로 잘 지내줬으면 좋겠다고 하셨다.

식사를 마치고 나가는 길에 온 가족에 둘러싸여 아가씨한테 반지를 끼워드렸다. 꼭 약혼식 같다며 모두가 웃었다. 어쩜 사이즈도 딱이었다. 식구들 덕분에 주인공이 된 듯한 기분이었다.

여기가 우리 집

찬 바람이 쌩쌩 부는, 눈 내리는 아침이었다.

"우나, 올 때 도장 꼭 챙겨요!"

부동산을 두 곳 끼고 신혼집을 계약했더니 작은 부동산 내부가 북적이는 느낌이 들었다. 예전 집주인 내외분, 공인중개사 네 분, 그리고 우리 둘이 테이블에 둘러앉았다.

계약서에 시키는 대로 도장을 찍는 내내 축하의 말을 들었다. "둘이 몇 살 차이예요?", "좋겠다~ 잘 살아요." 신혼부부라는 이유로 한 것도 없이 처음 보는 사람들에게서 귀여움과 축복을 받았다.

우리에게 집이 생겼다. 집을 계약하자마자, 부동산을 나서면서 제일 먼저 서로의 집에 전화를 걸었다. "어머님, 아버님! 저희 오늘 집 계약했어요~" 장롱이 먼저 전화를 걸었더니 수화기 너머로 엄마랑 아빠가 웃는 소리가 들렸다. 엄마는 아기가 결혼하는 것 같다면서 눈물이 찔끔 나도록 웃었다. 웃다가 사레가 들려 콜록콜록 기침까지 했다.

그러고는 다운이가 뭘 알아듣기나 하는 것 같냐면서 막 웃었다.

결혼 일기 9

빛이 나

조립비 23,000원 아끼려고
기사님을 안 불렀다가

헉헉

이거 평생 쓸게

3시간 걸려 조립한 철제 수납장은 보기만 해도 웃기다

주문 제작한 소파가 거실에
딱 들어맞았을 때는 박수를 쳤다.

짝

짝 짝

소파집
사장님
뿌듯

이제 정말 곧 이사를 간다.

오늘도 고생했어
내일 봐

좀만 더
힘내자

선명하게 기억나는 어릴 적 순간이 있다.

그중 하나는 어두운 저녁에 엄마가 나랑 언니를 데리고 낯선 운동장에 갔던 기억이다. 자박자박 밟히는 모래와 어스름하게 해가 진 하늘, 그리고 무척 넓어 보였던 운동장의 모습이 떠오른다. 언니는 앞으로 튀어나갔고 나는 여전히 엄마 손을 잡고 있었다.

엄마 손을 잡은 채 고개를 들었을 때 본, 기분 좋게 미소 짓던 엄마 얼굴이 기억난다.

"이제 너희가 다닐 학교야."

아마 새집으로 이사 오기 전, 혹은 이사를 마치자마자 미리 한 번 데려와서 보여줬던 거겠지. 새 보금자리에 설렜을 30대의 엄마가 상상된다.

結婚 일기 10

새로운 보금자리

6층 우리집에서는 숲이 가깝게 보인다.

후루룩~

창 밖으로 보이는 푸르고 작은 숲이 좋다.

어쩜 이렇게 맘에 드는 집을 바로 만났을까를 신기해했다.

아~

처음 엄마, 아빠 곁을 떠나 서울에서의 삶을 시작했을 때 작은 하숙방에 가득 들어차 있던 박스들의 모습이 머릿속에 선명하게 남아 있다. 방에는 옥색 책상과 옥색 플라스틱 서랍이 기본으로 하나씩 놓여 있었다. 옷장이 따로 없는 대신 침대 위 천장에 길쭉한 알루미늄 봉이 하나 걸려 있었다. 그 봉에 옷을 걸고 침대에 누우면 대롱대롱 걸려 있는 과 점퍼와 셔츠가 보였다. 밤에 무서워 불을 끄고 잠들지 못하는 날에는 눈이 부시지 않을 정도로만 얼굴 위에 패딩을 걸어두고 잠들었던 기억이 난다. 딱 얼굴에만 빛이 가려지게끔.

　불과 10년 전, 굉장히 먼 옛날이야기같이 들리지만, 그때는 '에그'라는 작고 동그란 이동식 와이파이 생성기(?)가 있었다. 서울에 올라올 때 엄마가 챙겨준 것이었다. 당시에는 데이터 요금제보다 저렴하고 노트북 무선 인터넷 연결까지 시켜주는 아주 좋은 신문물이었다. 이걸 켜놓으면 방 안에서 못할 게 없었다. 급한 과제도 하고, 유튜브 영상도 보고, 노래를 틀어놓고 밥도 먹었다.

　그 집을 시작으로 약 10년간 방 없는 집에서 살았다.

　10년 동안 조금씩 사는 공간을 넓혀갔지만 공간이 분리된 집에서는 살아본 적이 없다. 대학생 때는 룸메이트와 방 하나를 나눠 쓰고, 졸업하고는 언니와 방이 없는 널찍한 오피스텔에서 살았다. 내 몸 뉘일 충분한 좋은 공간이 있는데도, 누군가는 배부른 고민이라 생각할 수 있겠지만 방이 너무 가지고 싶었다.

엄마, 아빠랑 같이 살 때처럼 살고 싶었다. 침실에서 잠들고, 침대가 없는 거실에서 쉬고, 넓은 창으로 환기를 하고, 책상이 있는 방에서는 앉아서 일을 하고. 그런 내 소망을 알고 있던 장롱은 결혼을 결심하자마자 부지런히 집을 알아보러 다니기 시작했다. 추운 겨울날 그렇게 동네를 샅샅이 돌아다니더니 실물로 두 채의 집을 보여줬다. 흔히 사람들은 딱 보면 느낌이 온다고 한다. "와! 여기가 내 집이구나!" 싶다는데 난 그런 마음이 전혀 들지 않았다. 전 집주인의 살림이 가득한 집에서의 삶이 잘 상상이 가질 않아 뻘쭘하게 서 있을 뿐이었다. 편하게 구경하라는 말에도 쭈뼛쭈뼛. 장롱이 조용히 입을 뻐끔대며 어떠냐고 물어올 때마다 그냥 "와, 베란다다… 와, 주방이다" 하는 대답만 할 뿐이었다.

결혼하고 이사 와서 살아보니 참 마음에 드는 동네다. 장롱이 퇴근하고 같이 동네를 걸으며 여기저기 소개해주는데 이제야 얼마나 고심해서 우리 집을 찾아냈을지 생각한다.

"여기 살게 해줘서 고마워."

자주 이런 말을 하고 있다.

결혼 일기 11

빠끔살이

뭐 있어?

여기 소금.. 알룰로스 간장도 있고

집에 식초도 있어

아이고 뭐가 있긴 있네

어 냉장고에도 뭐 더 있는데 이거 고추장이랑 된장이랑

김치랑 쌀이랑 다 어머님이 주셨어

아이고 감사해라 어머님이 챙겨주셔서 집이 채워졌구나

주말에 둘이 가서 장 봐야겠네 냉장고에 먹을게 뭐가 좀 더 있어야지

수납장에 그릇 턱턱 넣지말구 바닥에 신문지 같은 것도 좀 깔고

예쁜 집 깨끗하게 써야지

결혼을 하고 나서 겪은 신기한 현상이 있다. 별거 아닌데 이럴 때 내가 결혼했다는 걸 새삼 실감한다. 친구에게서 전화가 오면 첫 마디가 "전화할 수 있어? 신랑은?"이라는 것이다. 짜기라도 한 것처럼 모두 이런 질문부터 한다.

　"응, 신랑 있지. 왜? 말해!"

　말하라고 해도 한번은 다들 머뭇거린다.

　"아, 신랑이랑 같이 있는데 전화해도 되나? 신랑 어디 있는데? 너, 방이야?"

　우리 엄마가 엄마 친구한테 전화 걸 때 하던 말을 한다. 그러고는 이제 이런 말 하는 걸 보니 완전 아줌마가 다 됐다며, 방금 어른 같았다며 깔깔 웃는다.

　남편의 경우도 마찬가지다. 수화기 너머로 머뭇대는 소리가 들린다.

　"전화할 수 있어? 다운 씨는?"

어려운 것투성이

새로운 보금자리에 오자마자
제일 약한 부분이 다시 시리다.

눈물이
안 그쳐
...

나는 언제쯤 외롭지 않을까
완전하게 무던해질까

엄마아빠가 왔다 가니
또 마음이 텅 비었네

후이
이 - 잉 -

집 곳간은 엄마아빠가 채운걸로 가득한데

자꾸만 배가 고픈 기분

냉장고 앞에 서서
수박을 먹었다.

아삭
아삭...
...

집안일을 잘 못한다. 청소도 설거지도 잘 못한다. "다운이한테 맡겨봤자 두 번 일이야, 다시 해야 돼." 사실 안 해봐서 더 그렇다. 엄마, 아빠가 시키지 않아서다. 내 새끼 시집가면 자기네 집 가서 실컷 할 텐데 하지 말라고.

우리 집은 지방에, 시댁은 수도권에 있다. 그래서 식장을 잡는 것도, 상견례 장소를 정하는 것도 뭐 하나 쉬운 일이 없었다. '도대체 어디서 결혼해야 하는 거야? 어느 쪽이 움직여야 하는 거지?' 어른들이 오가셔야 하는 중요한 일인데 이걸 내가 정해야 한다니.

어느 한쪽만 움직이시게 하는 게 걱정되고 싫은 마음에 최악의 결정을 내렸다. 양가 가운데 지점쯤 연고도 없는 지역에서 상견례를 하고, 결혼식은 서울 한복판에서 하겠다고 선언했다. 시댁 어른들은 다 나 좋을 대로 하라고 하셨는데, 엄마는 그렇지 않았다.

"다운아, 시댁 근처에 결혼식장 잡아. 왜 갑자기 서울이야? 우리는 모실 분도 많지 않아. 상견례도 시댁 근처에서 해. 엄마, 아빠만 움직이는 것 같아 괜히 속상해서 그러는 거지? 다운아, 결혼할 때 되면 속상한 일이 많은데 살아보니까 하등 쓸모없는 거더라. 그럴 일도 아니고, 그럴 필요도 없어."

그런 걸로 속상해하지 말라는 엄마 앞에서 또 눈물이 질질 났다.

생각해보니 엄마 말이 맞다. 속상해서 그랬던 것 같다. 엄마, 아빠를 고생시키는 것 같아 괜히 삐딱선을 탔던 것 같다. 울 일도 아닌데 눈물이 났다.

"결혼은 그런 게 아니다, 다운아. 결혼은 뭘 따져가면서 하는 게 아냐. 그렇게 속상할 일도 아닌 걸 가지고…. 우리 사위 키워주신 할머님도 계신데 어떻게 멀리까지 움직이게 하니. 우리가 가는 게 맞다."

결국 결혼식장은 시댁 근처에 잡고, 상견례는 우리 신혼집 근처 멋진 한식당에서 했다. 엄마, 아빠는 상견례 하러 올라오는 길을 여행하듯 왔다고 했다. 식사를 마치고 결제를 하고 나니 어머님이 조용히 다가와 천 봉투에 돈을 담아 건네주셨다.

그리고 열 명이 된 우리 가족은 다 함께 아직 공사 중인 신혼집을 구경하러 갔다. 어른들은 아직 볼 것도 없는 공사판인 우리 집을 샅샅이 둘러보며 행복하게 웃으셨다. 나만 빼면 누구도 서운하지 않은 기쁜 자리였는데, 그땐 왜 별것도 아닌 걸로 그렇게 울고 싶어지던지….

아침 온기

아침에 나와보면
베란다에 널려있는 수영복

· · ·

식탁 위에는 접시가 덮어져 있는게 보인다.

뭐가 들어있지?

?

빵이네

이걸 꺼내먹는 기분이 상쾌하다.

고맙고..

샌드위치
맛있는데서
사왔네

지난날 내 1순위는 무조건 일이었다.

주중은 일을 해야 하는 날이었다. 잠깐이라도 만나거나 데이트를 하는 일은 거의 없었다. 사는 곳도 늘 기본 한 시간 반 정도 걸릴 만큼 멀다 보니 중간에서 만난다 해도 왔다 갔다 하는 왕복 두 시간, 나갈 준비하는 시간 한 시간을 더해 기본 세 시간씩 걸렸다. 일주일에 몇 번씩 만났다가는 일할 시간이 너무 부족해진다고 생각했다. 그래서 주말에만 온전하고 마음 편히 이 사람에게 집중하곤 했다.

그러다 혼인신고를 하고 신혼집에 입주하자마자 일주일 만에 장롱이 해외 출장을 가야 했다. 연애하는 내내 일주일에 한 번 만나던 이 남자가 일주일간 출장을 간 것뿐인데, 왜 이리 마음이 허하던지. 혼자서 그의 냄새를 찾아다녔다. 하지만 입주한 지 얼마 되지 않아 집에 밴 사람 냄새가 한 톨도 없었다. 베개에서도 새 이불 냄새가 났다. 입던 옷이 있나 하고 옷장을 열어보니 옷을 싹 다 빨아서 개어놓고 간 것이 아닌가. 일주일간 매일 저녁에 만나던 사람이 오지 않으니 보고 싶었다.

순식간에 이렇게 되는 게 가능한 건가 싶었다.

나의 작은 보석들

목욕하고 나왔더니

문 앞에 놓여있는 시원한 차 한잔 초콜릿 한 조각

자주 우려 마시는 티백을 담아 놓는 통이 꽉 차있을 때

거의 다 비웠던 거 같은데...

?

덜그럭

남았나?

어

...

개어져있는 이불

불량 차가 나오는 바람에 한창 결혼 준비를 하는 동안 타고 다닐 것이 없었다. 그래서 공유 자전거를 타고 함께 흙바람을 맞으며 일을 보러 다녔다. '결혼 작전 일지'라고 쓴 노트를 하나 들고 다니며 할 일을 해나갔다. 한번은 자전거를 대놓는데 기분이 착 가라앉았다. '우리 차가 불량 차가 아니었다면 지금쯤 편하게 다녔을 텐데.'

뒤이어 도착한 장롱은 웃고 있었다.

"재밌다~"
"자전거 재밌어?"
"우리가 언제 이렇게 원 없이 자전거 타고 다녀보겠어."

그러네. 좋다고 생각하면 한없이 좋은 시간이었네.

우린 늘 그런 시간을 지나왔다. 언제나 아쉬웠지만 돌아보면 아름다웠다. 비싼 식당인 줄 모르고 겁도 없이 회전 초밥집에 들어갔던 스물세 살의 어느 날이라든지(이날은 서로 배가 별로 안 고프다며 조금만 먹고서 다른 걸 먹으러 갔다), 기념일에 더 좋은 걸 사주고 싶어도 그러지 못했던 기억이라든지 말이다.

조금 아쉬운 게 있을 때마다 여기는 우리가 함께하는 오르막길이라고 생각하기로 했다. 오르막길이라도 네가 있는 길은 좋은 길이니까.

"우나, 오늘 저녁에 회전 초밥 사줄까?"

사랑이 깊을수록

한 주가 지났다. 이 남자가 꽃을 사들고 왔다.

이거 색이
다운이랑 닮아서
샀어

응.. 그럼..
이제 사겨!

뿔뿔..

살면서 꽃다발을 처음 받아봤다.

머리가
자랐다.

와
~

그 뒤로도 자주 꽃을 사다주던 이 사람을
나는 첫인상 그대로 장롱이라 불렀고

나는 우니가 됐다.

우니
어디가?

주변 사람들도 날 우니라고 부르기 시작했다.

140

표현이 서투른 나와 달리 다정한 사람

이 애랑 둘이 참 잘 지냈다.

우나~!

와 장롱 왔다!

과제하다
마시라고 커피 사왔어

내 회사 생활로 반년 정도 롱디를 했을 때도
크게 달라지는 건 없었다.

이.. 일어나용..

매일 아침 6시
모닝콜로 시작하는 하루

모든 연인이 그렇듯 우린 특별하다고 생각했다.

사랑해!

어~??

어!!!

어!

헤어질 리가 없는 사이라고 생각했다.

하지만 예민한 편인 내가
학교를 떠나자마자 상황이 바뀌었다.

하 사는게
너무 힘들다..

이런 나는 사랑할
자격이 없어

취직해야 해 ..

돈도 없고
시간도 없고

생각할 시간을 갖자며 자꾸 숨었다.

사랑을 하기에
내가 너무
우습네..

나 내 마음을 모르겠어

···

한심해

또 서류탈락...

나는 헤어지는 법도 몰랐다.

어떤 싸움도 없이 처음으로 냉랭해진 사이
몇 주를 이런 상태로 지냈을까

나 너무
힘이들어

우리 타이밍이
별로인 것 같아

···

그럼 그만하자

나중에 시간이 지나면 다시 꼭 만나자는
말과 함께 흔한 연인처럼 헤어졌다.

언젠가 친구가 이런 말을 했다. "사람들은 다 자기 사랑이 특별하다고 믿는 것 같아. 그런데 결국엔 다 비슷할지도…. 다 거기서 거기야." 정말 맞는 말이라고 맞장구를 쳤으면서 사실 내가 하는 사랑만큼은 정말 다르다고, 특별하다고 믿었다.

이별을 맞이할 때가 되어서야 알았다. 나는 그리 특별한 사람이 아니었다. 절대 깨지지 않을 견고한 사랑인 줄 알았는데…. 여느 이별과 비슷한 이별을 하고 있었다.

대학을 졸업할 무렵 마음 어딘가가 고장이 났다.

그 무렵엔 서울에 있는 학교와 전주에 있는 회사를 오가며 살던 때라 옷가지가 두 거처에 흩어져 있었다. 한번은 전주에 있을 때 갑자기 한파 특보가 발령되었는데 패딩이 서울에 있었다. 갑자기 추워질 줄 몰라 미처 날씨에 대비하지 못한 나는 가진 옷 중 제일 도톰한 가을 재킷을 입고 회사에 다녔다. 옷을 몇 벌 껴입고 나오면 제법 버틸 만했다. 다음 주에 서울 올라가면 패딩을 꼭 챙겨 와야지, 하고 생각하던 그 주 어느 날, 대리님이 농담 섞인 걱정의 말을 건넸다.

"다운 씨, 이 날씨에 옷이 왜 그래? 옷 살 돈이 없어?"

맞는 말이라서 속이 상했다. 맞다. 패딩 쇼핑할 여유가 있었으면 춥게 입고 다니지 않고 어디서라도 하나 샀겠지.

적은 돈을 벌면서 나름대로 열심히 살고 있었는데 갑자기 주변 환경이 크게 바뀌기 시작했다. 다니던 대학교는 내게 쥐여줄 졸업장을 준비해놨고, 살던 기숙사에서는 다음 학생을 받아야 한다며 짐 뺄 날짜를 공지했다. 인턴 생활을 하던 회사와의 계약 기간도 끝나가고 있었다. "다운 씨, 다음 플랜은 어떻게 돼? 회사에 지원은 좀 하고 있어?" 다들 나의 다음 스텝을 궁금해하는데 도대체 어디로 가라는 건지 몰랐다.

진짜 하고 싶은 일은 따로 있다며 사실 만화를 그리면서 살고 싶다고, 도전해보겠다고 하면 다들 설마 하는 표정을 지었다.

회사 근처 숙소도 계약 기간이 끝났다. 박스에 옷가지를 다 주워 담고 나니 도대체 이 박스들을 어디로 보내야 하는 건지 감이 오지 않았다. '이제 이 짐들이랑 나는 어디로 가야 하는 거지?'

일단 학교 학과 사무실을 찾아갔다. 졸업을 미룰 방법이 있는지 물으니 졸업 여건을 충족시켜서 안 된다고 했다. 쓸데없이 성실했다. 이수 학점이라도 부족하게 채워가며 수업을 들을걸.

일단 빨리 취업하기 위해 급히 이력서를 썼다. 매일같이 그리던 만화도 잠시 접어두고 거기에 집중했다. 나름 열심히 살았다고 생각했는데 적고 보니 별 게 없었다. 애매하게 구멍이 뻥뻥 뚫린 이력서를 보고 있자니 자존심이 상했다.

채용 공고를 낸 곳이 있으면 다 서류를 넣었다. 누구는 삼성에 다닌다 하고, 또 누구는 엘지에 다닌다던데 다들 어떻게 그렇게 척척 입사를 한 건지. 대기업은 저절로 가게 되는 곳이 아니었다. 서류에서 줄줄이 탈락했다. '그래, 나 같아도 나 안 뽑는다.'

내가 이렇게 쪼그라들고 있을 때 아직 학생이던 남자 친구는 매일이 바빴다. '나도 불과 두어 달 전까지만 해도 저렇게 살았는데….' 학교생활도 하고 동아리 활동도 하고 매일이 재미있어 보였다. 내 하루를 궁금해하는 그에게 점점 할 말이 없어졌다.

'난 똑같아. 오늘도 쫓겨나는 중이지, 뭐.'

내 인생의 중심이 이 사람이었는데, 어느새 자꾸 급해지는 내 인생 쪽으로 중심이 쏠렸다. 나랑 다르게 매일이 반짝반짝 새롭고 웃을 일이 가득한 그가 부러웠다. 그래 봐야 일주일에 한 번 만나는데 그 시간도 부담스러웠다. 만났으니 뭐라도 같이 사 먹고 시간을 보내야 하는데 지금 내게 남은 돈이 얼마인지만 생각했다. 나름대로 데이트할 때 쓸 돈 계산을 다 마쳐놨는데, 회사 면접 날, 이 애가 면접장까지 같이 가주겠다고 했다. 그날도 머릿속으로 돈 생각만 했다. '아, 돈 없는데 어떡하지?'

그래서 자꾸 못된 말을 했다. 도대체 내가 왜 좋냐는 둥, 사실 난 내 마음을 잘 모르겠다는 둥, 연애할 정신이 없는 것 같다는 둥, 권태기가 온 것 같다는 둥. 내 속을 모르던 그는 내가 왜 이러나 싶었을 것이다. 장롱은 여러 번 달래주고 다잡아줬지만 다잡히기에는 당시 내 마음에 여유라곤 단 한 톨도 없었다.

자꾸 혼자 있고 싶다며 생각할 시간을 달라고 했다. 헤어질 배짱
도 없으면서 지질하게 굴었다.

그렇게 몇 주를 숨어들었을까, 우리의 온도가 바뀌기 시작했다.
지금은 아닌 것 같다는 말을 하면 꼭 잡아주던 사람인데 그날은 정
말로 놔줬다. 펑펑 울면서도 놔줬다. 나중을 기약하자고, 그때는 괜
찮을지도 모른다고.

우리 사랑을 다 망쳐버린 주제에 그 말을 믿고 싶었다.

우리가 헤어지던 날

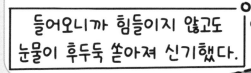

정신을 차리고 따뜻한 물로 씻고 나와

...

휴~

침대에 앉았다.

서걱

서걱

어..

그러고 보니..

우리집에서 장롱 집까지 전철타고 한시간 반 가야되는데

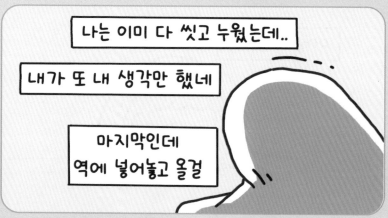

나는 이미 다 씻고 누웠는데..

내가 또 내 생각만 했네

마지막인데 역에 넣어놓고 올걸

나 문 안에 넣어놓고
장롱은 역까지 어떻게 갔을까

매번 우리 동네로 와줘서
가는 길이 온통 우리 추억이었을텐데

어떻게 갔어?

분명 헤어질 준비가 되었다고 생각했는데 사실은 아니었던 걸까? 막상 못 본다고 생각하니 공포스러운 마음이 들었다. 어떤 귀신 얘기를 들어도 이렇게 무서웠던 적이 없는데 너무 무서웠다.

"어떡해? 어떡하지? 무서워"라는 말이 절로 나왔다. 앵무새처럼 그 말만 반복했다. 나중에 다시 만나자는 말을 하면서 둘이 손을 꼭 잡고 펑펑 울었다.

차가워진 손을 벌벌 떨고 있으니 무섭게 해서 미안하다며 손을 녹여주다가 그 사람은 쓸쓸히 돌아갔다.

사랑을 알기 전에는 사랑이 궁금했다. 막 밥도 안 넘어간다는 절절하게 아픈 애틋한 사랑은 또 뭘까 궁금했다.

"와… 드디어 했다. 진짜 엄청 힘들고 아픈 거였구나."

눈물을 줄줄 흘리면서도 웃기게도 뿌듯해했다.

되는 것이라곤 하나도 없는데 이딴 것도 목표라고, 목표 하나를 이뤘다면서.

그때 기억이 너무 예뻐서

대학교에서 조교로 일했었다.
만화를 그리면서 다니기 좋은 일이었다.

안녕하세요~

안녕하세요~

학교에서 일하다보면

퇴근길에 학생 커플들이 만나는 풍경을
흔하게 볼 수 있었다.

그 사람 생각이 났다.

귀엽다..

...

그런 날에는 바로 집에 가지 않고

코인 노래방에서 한시간 정도 시간을 보내곤 했다.

계절이 지나
그때 그 자리에 겹벚꽃이 피었다.

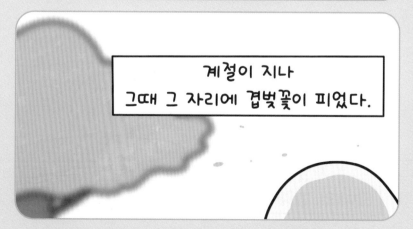

우리 학교 앞에는 '남친 존'이 있었다. 학우들의 남친이 여자 친구를 기다리는 곳이다. 정문에 서 있으면 민망하니까 올라오는 길 몇 군데에 지점이 있었다. 기다리던 여자 친구가 나타나면 멀뚱히 서 있던 남자들의 얼굴에 한순간 꽃이 피었다. 거기에는 장롱도 있었다. 남친 존에 머쓱하게 서 있던 그 사람이 나를 발견했을 때 가로로 긴 눈이 동그래지는 순간을 사랑했다.

　우리는 만나면 버스를 타고 서울 중심을 함께 돌아다녔다. 광장시장에 가서 빈대떡이랑 떡볶이를 사 먹고, DDP에 가서 미술 전시를 보고, 대학로에 연극을 보러 갔다. 반지 공방에 가서 커플 링을 만들고, 청계천에서 쪽 하고 입을 맞췄다가 건너편 할아버지한테 꾸지람을 듣기도 했다. 요즘 것들은 밖에서 입을 맞춘다고.

　당시 우리가 다니는 길에서 잘 보이는 건물이 하나 있었다. 신기하리만치 우리가 어디에 있건 자꾸 시선에 걸쳤다. 장롱은 그 건물을 궁금해했다. "저게 도대체 어디에 있는 거길래 아무 데서나 다 보이는 거지?" 하루는 그 건물을 향해 걸어가보기로 했다. 하지만 한 시간이 넘어도 건물은 나오지 않았다. 결국 건물의 정체는 끝까지 알 수 없었다.

　그것도 벌써 한참 전 일이라 기억에서 지워졌는데 출근길, 평소 다니던 길을 우회하는 버스에 탔다가 우연히 그 건물 앞에 서게 됐다. "이 건물 이름이 종로타워였구나." 우리가 진짜 궁금해했던 건데 알려줄 방법이 없어 슬펐다.

사랑의 이유

어느새 그 사람이 좋아하는 '지금의 나'에서
벗어나지 않으려 노력하고 있었다.

이렇게 노력하다보면
다시 사랑할 수 있을까?

겨우 한달 정도 지났으려나

문득

나는 나이 들어가면서
외모도 체형도

어쩌면 직업도 생각도 바뀔 수 있는데

누군가의 기억에 오래 머무르는 방법은 생각보다 어렵지 않다.

엄청나게 애쓸 필요도 없다. 자주 손에 닿는 물건을 선물하고
다정한 표정과 말을 심어두면 된다.
그러면 그 사람의 일부가 될 수 있다. 정말로.

첫사랑

학교 사무실에서 일하게 되었을 때, 인수인계하던 전임자 선생님이 그만두는 이유를 말씀해주셨다.

"제가 결혼을 해서 다른 지역으로 가게 되는 바람에 그만두는 거거든요."
"와, 축하드려요! 부러워요."
"둘이 대학생 때부터 만났는데, 결혼을 하네요."

내가 그를 만나면서 꿈꾸던 결말이다. 나는 여유가 없어 이별을 선택했는데 사랑을 이뤄낸 선생님이 부러웠다.

사실 헤어져 있는 동안 그를 단 1초도 잊어본 적이 없었다. '젊은 날에는 사랑이 사랑인 줄 몰랐다'라는 유의 노래 가사를 이해하는 시간이었다. 생각 없이 흥얼대던 노래가 다 내 노래 같았다.

초대장

그리고 또 몇 달이 지났을까

아악
굿즈가 몇바구니

끼잉 ...

2018 서울 일러스트레이션 페어 전시를 준비하던 중

작가 앞으로 10장의 전시 초대권이 나왔다.

지인들에게 초대권을 돌리고 나니
딱 한장이 남았다.

친구 중에
필요한 사람 있나?

한장 남은 표를 친구에게 주려하니

사실 헤어지고 두어 달쯤 뒤였던가, 여전히 여유는 없지만 보고
싶은 마음을 참지 못하고 정말 밥 한 끼만 먹기로 했던 적이 있다.
그날은 건대입구역 앞, 자주 가던 스파게티집에 갔다.

　　당시 머리를 잘랐던 나는 "나 머리 엄청 짧아졌지? 어색하지?"
하고 물어봤다.

　　(이때 청승맞게 이별 기념으로 긴 머리를 잘랐다. 머리를 얼마
나 짧게 쳐냈는지 친구는 "다운이, 이별의 아픔으로 삭발을 했구나"
라며 놀렸다. 턱보다 위로 잘랐다가 너무 이상해서 묶이지도 않는
걸 빡빡 긁어모아 묶어보려 애썼다. 겨우겨우 묶이던 날 발 박수를
쳤다. 이별 후 단발 충동은 순간적인 감정이니 잘 생각해야 한다.)

　　머리가 어색하냐고 물어봤더니 생뚱맞게 예쁘다고 대답하는 바
람에 둘이 또 말이 없어졌다. 휴지로 눈물만 꾹꾹 찍어내다가 바로
다시 각자 집으로 향했다(그 와중에 밥맛은 좋아서 소스까지 싹싹
긁어 먹었다).

　　잘 들어갔냐고 묻지도 못하는 사이인데 괜히 만났네 싶었다.

즐거운 성탄절

나는 나만 지질한 줄 알았다. 특히 사랑에 있어서 나만 지질한 것 같아 너무 힘들고 슬픈 날이 있었는데, 내가 좋아하는 사람도 나 때문에 마음 졸인 순간이 있었다니, 그것만으로도 위로가 됐다.

하느님, 감사합니다. 저만 지질한 게 아니었네요.

12월 31일

긴장돼서 잠이 안 올줄 알았는데

쿠 어 어…

후우..

너무 힘들었는지
머리 대자마자 잠들었다.

그리고 12월 31일 행사 마지막 날,
오후 시간부터 동생이 자꾸 두리번 댔다.

흐음

야잇..
뭐해...?

캐리커처
하는중

야 두리번대지말고

오신 분들한테
인사 잘해라

하고 있그든...

까드드

까드드
...

12월 30일 밤.

'아, 올해도 엄청 힘들었네.' 일단 오늘이 너무 힘들었다. 드디어 내일이면 행사가 끝난다. 올해 무엇을 했을까 종이를 꺼내 적어보았다.

'일단 두 번의 서울일러스트레이션페어를 치렀고… 아니, 이번 전시는 아직 하루 남았지만.'

행사는 생각보다 엄청 지치는 일이었다. 관람하러 다닐 때는 상상도 못했다. 지나고 보면 조금 더 열심히 할걸, 선보일 만한 것을 더 열심히 준비할걸, 하고 생각하지만 행사 기간인 4일 동안은 꼭 토네이도 속에 들어와 있는 것처럼 정신이 없었다.

그런데 한편으로는 일하느라 이렇게 바쁠 수 있다는 사실에 우쭐하고 즐거운 마음이 들기도 했다. 많이 지쳐서 다시는 행사에 나가지 않겠다고 생각할 법도 한데, 페어가 있다고 하면 신청하기 바빴다. 돈 벌면 다음 행사 부스 빌리는 데 다 썼다. 일은 열심히 하는데 모은 돈이 한 푼도 없는 해였다.

혹시나 하고 새로운 사랑도 시도해봤고(잘되진 않았지만) 운 좋게 심심찮게 들어오는 일로 어찌저찌 굶지는 않았다. 그림도 많이 그렸다. 이제 조금 숨통이 트이는 것 같았다.

끔찍했던 올해도 지나간다. 개띠에게 삼재였다는 지난 3년이
끝나간다.

재회

지난날 모든게 너무 벅차고 힘들어서

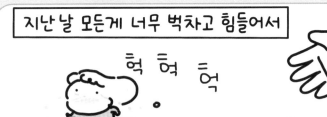

혁 혁 혁

혁 ...

불안한 모습만 보여주다가
네 손을 놓친 것 같은데

지금 바쁘게 그림 그리는 모습을 보여줄 수 있어서
다행이라고 생각했다.

사실 늘 이런 모습은 아니야

이렇게 바쁜 일은 거의 없고
여전히 불안해

앉으세요

그래도 그때보다는 훨씬 행복해보이지?

마지막으로 이런 모습을 보여서 다행이다

끼익

이제 됐어
애초에 다시 시작하려던 마음이 아니었어

다 그렸다

이런 모습을 보여주고 싶었어

응어리진 마음이 풀렸다.

이제야 진짜 너랑
헤어질 수 있을 것 같았다.

전시에 나갈 때마다 고민이 되었다. 어떤 판촉물을 준비해야 사람들이 한번이라도 더 들여다봐줄까? 늘상 종이에 인쇄된 작은 굿즈만 가져가려니 행사장이 너무 심심해 보였다. 지류가 아닌, 형태가 있는 캐릭터 굿즈는 제작 단가가 너무 비싸고, 소량은 업체에서 잘 만들어주지도 않아 직접 만드는 수밖에 없다. 흙을 빚어서라도 만들어야겠다는 생각이 들어 친구에게 연락했다.

고등학생 때 미술 학원에 함께 다니던, 도자기를 전공한 친구가 있다. 애초에 서울일러스트레이션페어 같은 행사가 있는지도 모르고 혼자 틀어박혀 그림만 그리던 내게 바깥 행사는 어떤 게 있고, 사람들한테 나를 알릴 방법도 거기에 있다고 알려준 친구였다.

"친구야, 도자기로 피겨를 만들고 싶어. 캐릭터 수저 받침대 같은 것도 넉넉하게 만들고 싶은데 도와줄 수 있어? 도자기는 어디에서 구워야 되는 거야?"

흔쾌히 나를 작업실로 부른 친구는 커다란 하얀색 흙덩어리를 가져오더니 책상 위에 "퉁~" 하고 떨어뜨렸다. 그러고 나서 철 실로 흙덩이를 주욱 자르고는 원하는 걸 주물러서 만들어보라고 했다. 내가 만든 것들을 신문지 위에 툭툭 올려두면 친구는 옆에 앉아 갈라진 부분에 물을 묻혀가며 매끄럽게 만들고, 어떤 부분은 사포로 슥슥 다듬어줬다. "잘 말려둘 테니까 다음에 와서 색칠해. 그럼 예쁘게 구워줄게." 친구의 도예 작업실에 한 자리 차지하고 앉아 색칠도 하고 수다도 떨었다.

광진구에 있는 작업실에서 우리는 입 아픈 줄 모르고 이야기를 나눴다. 회사에 다니지 않고 비슷한 길을 걷는 우리는 서로 할 이야기가 참 많았다.

"와~ 다 했다. 다음에 찾으러 올게. 고마워."
"다운아, 도자기 흙 만지고 나면 손이 엄청 건조해져. 로션 바르고 가. 그런데 뭐 타고 집에 갈 거야?"
"102번 빨간 버스. 건대입구역에서 타야 돼."

작업이 끝나고 우리는 건대입구역까지 함께 걸었다. 늦가을이라 걷기에 참 좋은 날이었다. 건대입구역 근처 길에는 타로집이 길게 늘어서 있는데 하얀색 가게 문에 적혀 있는 글이 웃겼다.

고민이 있으십니까…?
연 학 재 건 타 사
애 업 물 강 로 주

방금까지 일도 사랑도 꽉 막힌 것 같아 답답하다고 친구와 이야기했는데 마침 이런 길에 들어서다니. 우리는 깔깔 웃으며 각자 지갑에서 5000원씩 꺼내 들고 가게 안으로 들어갔다.

나는 연애 운을 보겠다고 했다. 다음 연애는 언제쯤 하게 될지, 그리고 그 사람은 어떤 사람인지 물었더니 카드 풀이를 해주던 타로술사가 물었다. "새로운 사랑이 언제 오는지 궁금해할 게 아닌 것 같은데? 너 좋다는 사람 없어? 전에 만나던 이랑은 잘 끝났니? 기둥 뒤에 누가 있는데? 새로운 사람은 아닌데." "누가 있어요? 그 사람이 제 근처에 머물고 있어요?"

"응. 둘이 곧 만날 것 같아. 한… 올해 안에?"

너를 다시 만나서

행사가 끝났다.

ㅋ ㅋ~

ㅋ

동생이 뒷정리를 조금씩 하더니 커다란 짐을 들고 휙 가버렸다.

누나 나 갈게 저녁에 집에서 봐

집에 짐 두고 나가서 놀고올게

덩그러니~

동생이 도와준 덕에 내게 남은건 작은 캐리어 하나

이거 동생 알바비 수고했다

와 돈이다

친구랑 맛있는거 사먹어

남은 버릴 것들을 정리해주던 그가 말을 붙였다.

혹시 저녁 같이 먹을 수 있을까?

응

나 배고팠어

어림없지 결국 별 얘길 다했다.

예전의 우리가 그랬던 것 처럼
말하는 쪽은 나였고 그 애는 듣는 쪽이었다.

친구가 휴대폰을 들이밀었다.

"다운아, 너 ○○○ 기억나지? 얘 프사 바뀌었네. 좀 봐봐."

친구에게 지독하게 굴던 전 남자 친구 프로필 사진을 샅샅이 들여다보며 말한 적이 있다.

"와, 뭐야? 이 자식 연애하는겨?"

열받아하는 친구가 사실은 조금 부러웠다. 나도 그의 근황을 엿보고 싶었는데 SNS를 하지 않으니 근황을 알 수 없었다. 하다못해 카톡 프로필 사진이라도 좀 바꿔보지, 내가 찍어줬던 사진 그대로다. '도대체 뭐 하고 사니? 만나는 사람은 생겼니?' 뭐 어쩌자는 게 아니라 그냥 어떻게 사는지 궁금했다. 스물다섯이 된 그는 어떤 모습일지 머릿속으로만 그려보곤 했다.

그러다 내가 '빵'이라는 단어가 엄청 크게 쓰인 봉투를 들고 찍은 사진으로 프로필 사진을 바꾼 어느 날, 처음으로 그의 상태 메시지가 바뀌었다.

'빵.'

지질한 나는 그 상태 메시지를 몇백 번이나 들여다봤다.

'뭐지?'

꿈에

사는게 정말 바빴던 시절이다.

숨 돌리고 정신을 차려보면 늘 서울행 고속버스 안이었다.

비싼 우등버스를 타지 않기 위해 촉박한 시간대의 일반 고속을 타러 뛰어다녔다.

너무 바빠서 누굴 만나기도 어려웠다.

이때는 국정농단으로 온 나라가 들썩일 때였고

내가 있던 전주에도 촛불 시위가 일어났었다.

이날도 일이 있어 꼭 서울에 올라가야했는데

이쪽 길은 통제돼요

...

앗.. 네

오후 시간이 되니 길이 하나 둘 막히고 있었다.

오랜만에 이렇게라도 시간을 보내서 좋았다.

혼자라면 무서워서 못 갔을 길을
같이 걸으며 많은 이야기를 했었다.

어쩜 마침
오늘 왔대

잊힌지 오래인 줄 알았는데

그날 했던 대화들이 꿈에 나왔다.

왜요?

아니야

꿈인걸 알면서 모르는 척
그 길을 같이 걸었다.

어떤 감정을 드러내는 걸 부끄럽게 여겨서 그리워도 그립지 않은 척, 다 잊은 척하며 살았다. 모든 일이 지나가고 나서야 꽁꽁 숨겨온 아팠던 지질한 마음을 만화로 그렸다.

박정현의 '꿈에'라는 노래를 추천받았다. 노래를 듣는데 그때의 마음에 지금 위로받는 듯한 기분이었다. 사람들과 이야기를 나눌수록 이야기는 점점 더 풍부해진다.

혹시 이게 꿈이란 걸

그대가 알게 하진 않을 거야

내가 정말 잘할 거야

그대 다른 생각 못하도록

그대 이젠 가지 마요

그냥 여기서 나와 있어줘요

나도 깨지 않을게요

이젠 보내지 않을 거예요

계속 나를 안아주세요

예전 모습처럼

그동안 힘들었지 나를 보며 위로하네요

내 손을 잡네요 지친 맘 이젠 쉬라며

지금도 그대 손은 그때처럼 따뜻하네요

대답해줘요 그대도 나를 나만큼 그리워했다고

-박정현의 '꿈에' 중에서-

우리 다시 시작할 수 있을까

열심히 사랑을 찾아 헤매는, 혹은 헤매던 젊은이들. 전 연인으로부터 '자니?' 비슷한 문자를 받아본 적이 있는가?

내게는 전 애인이랄 게 딱히 없다(중학생 때 사귄 남자 친구도 애인으로 친다면 있긴 하다). 사랑까진 아니었지만 스쳐 지나간 사람들에게 밤중에 비슷한 연락을 받아봤다. 기가 막히게 한 번씩은 다 비슷한 스텝을 밟고 지나갔던 것 같다. 이런 문자에 굳이 답장을 하지는 않더라도 그날은 하루가 참 싱숭생숭했다. 유일하게 장롱만이 내게 그런 연락을 하지 않았던 것 같다.

친구들이랑 하던 말 중 제법 공감이 갔던 이야기가 있는데, 헤어진 지 좀 된 지난 인연이 보내온 문자에 마음이 살짝이라도 동한다면 애써 피하거나 무시할 필요는 없는 것 같다고. 정말 못된 짓을 한 사람만 아니었다면 한번 만나자고 하면 나가보자고. 너무 애써 피하지 말고 한번 보는 게 나을 수도 있다고.

기억은 보통 미화된다. 다시 만났을 때 생각보다 여전해서 좋을 수도 있지만, 이미 지나간 사람은 높은 확률로 나한테 엄청 별로인 사람이 되어 있을 수도 있다. 오히려 '그동안 왜 그토록 그리워했던 거지?' 하고 다시는 생각도 안 날 정도로 마음이 정리되기도 한다. 그러니 지나치게 애쓰지 말고 흘러가는 대로 두는 것도 좋을 것 같다. 너무 힘들지 않았으면 좋겠다. 그 사람의 '자니?'는 어쩌면 좋은 기회가 될지도 모른다(자기가 무슨 연애 도사도 아니고 이런 글을 쓰다니 정말 웃겨 죽겠다).

너의 현재에 있을게

나와줘서 고마워

어..

아요 이걸 어째

나는 과거 이야기를 했고
이 애는 현재와 미래 이야기를 했다.

...

...

서로의 이야기가
의미없는거라 생각했을지도 모르겠다.

그러다 솔직하게 말했다.

나는 우리가 차라리
처음 시작하는 사이면 좋겠어

내가 다시 헤어질 용기가 안나
진짜 너무 무서워

네가 내 과거에만 있어서
벗어나기가 어려웠는데

이젠 과거에 있지 않아도
너가 있는거야?

나도 이제 현재를 이야기해도 되는걸까?

...

으으~

진짠데

울지말아봐

슥슥...

흐우...

흐우우...

생리 주기가 엉망이다.
조금 일이 많거나 스트레스를 받으면 3~4개월에 한 번씩 한다.

학교 다닐 때는 학기 중엔 감감무소식이다가
엄마, 아빠 집에 가면 그제야 터지곤 했다.
바쁘게 살 때는 마지막 생리가 언제였더라 기억도 안 나더니
일 마치고 쉬러 여행지로 떠나면
딱 거기에서 기가 막히게 터졌다.

마음이 편하면 그제야
몸도 좀 제대로 굴러갈 준비를 하는가 보다 한다.
딱히 주기는 모르지만 이제 어디론가 여행 갈 때는
캐리어에 생리대를 한 팩 챙기고 본다.

그가 내 곁에 돌아오니 또 신기하게 주기가 맞아떨어졌다.
이 사람은 나에게 집 같은 사람이구나 싶었다.

결혼 일기 15

집사람

아파트 단지 안에 요일장이 선다. 어릴 때 살던 동네에도 요일장이 서곤 했는데 오랜만에 보는 풍경에 기분이 좋았다. 돈가스도 팔고, 반찬도 팔고, 2인분에 8000원에서 1만 원쯤 하는 국물도 커다란 솥에 팔팔 끓여가며 판다. 그날은 우거짓국을 팔길래 사 왔다.

"장롱! 이거 봐! 내가 장에서 국물 사 왔는데."

국물이 담긴 하얀색 플라스틱 떡볶이 통(?)을 들고 현관 앞으로 달려나가 보여줬더니 장롱이 와하하 크게도 웃는다.

"아이고, 국을 사 왔어? 어디 봐봐."

한 숟가락씩 먹어보니 진짜 맛있었다. 어머님이 주신 배추김치를 꺼내고 국물에 밥을 말아 먹었다.

"다음에는 냄비를 들고 가서 받아 와야겠어."

걸어서 출퇴근하는 장롱은 요즘 초등학생들의 등굣길과 출근길이 겹친다고 한다. 걷다 보면 녹색어머니회도 보이고 교문 앞에서 인사하는 애들도 보이니 학교 다니는 기분이 들어 좋다면서. 만나는 내내 그저 조용하다고 생각했던 사람인데, 요즘은 집에 와서 내가 뭐만 하면 우하하 웃고 그날 있던 소소한 일에 대한 얘기를 쏟아낸다. 내가 알던 사람이 맞나? 완전히 다른 사람이 된 것 같아 웃겼다.

결혼 일기 16

우리 동네

매일 출근하지 않는 프리랜서인 나는

신랑 회사 근처로 따라왔다.

자라온 동네에서 멀지 않은 도시로 왔음에도
연고 없는 곳으로 간다고 다들 걱정이다.

조금 덜
괜찮아야
하나?

어...

모르는 동네에서의 삶은 생각보다 괜찮다.

여기가 여기랑
이어져있었네?

??

모르는 길을 걷는 것 만으로도
어떤 호기심과 해소감이 생긴다.

이사를 할 때마다 느끼는 건데, 살던 동네를 떠날 때는 왠지 마음 한편이 시원하다. 아쉬워서 눈물을 뚝뚝 흘리면서도 속으로는 후련함이 따라붙었다. 다섯 식구가 함께 살아온 301동 집을 떠나던 날. 짐을 모두 빼 텅 빈 집을 봤을 때 엄마를 안고 펑펑 울었다. 하지만 그날은 눈물이 쉬이 그쳤다. 어떤 눈물은 그치기 어렵던데. 엄마는 눈물이 쉬이 그치지 않을 정도로 많이 슬펐을 텐데. 엄마, 미안해.

첫 회사에 다니기 위해 서울에서 지방으로 내려갔을 때도 비슷한 감정을 느꼈다. 차에 짐을 가득 싣고 엄마, 아빠와 전주 완산구에 월세 40만 원짜리 집을 구하러 갔을 때 엄마, 아빠는 근처에 내가 다닐 만한 마트나 식당을 찾고, 번화가는 어디인지 같이 둘러봐주며 걱정했지만 나는 정말로 괜찮았다.

문득 '나는 떠날 준비가 되어 있는 사람인가?' 하는 생각이 들었다. 나라는 사람은 생각보다 환기와 변화가 필요한 인간일지도 모르겠다.

결혼할 때도 거침없이 살던 동네를 떠나 회사 근처로 따라가겠다고 하니 장롱은 되레 걱정을 했다. 오히려 내가 살아온 동네에 우리의 새 둥지를 틀자고 하기에 내가 반대했다. 나는 정말로 괜찮다고. 나는 매일 출근하지 않아도 되는 사람이지 않느냐고. 회사원의 아침잠의 소중함과 회사에 오가며 드는 교통비를 들먹였더니 얼마 안 가 수긍했다.

그 걱정이 뭔지 안다. 내 마음에 늘 쓸쓸함이 있다는 것을 알고 있어서겠지. 언제든 갑자기 쓸쓸해지고 슬퍼질 수 있는 사람이라는 것을 알아서겠지.

하지만 난 생각보다 잘 지낸다.

새로 다니게 된 네일 숍은 기대 이상으로 마음에 쏙 든다. 웬만해서는 벗어지지 않도록 튼튼하게 쌓아 올려지는 손톱도 좋고, 의자에 누워서 괜히 북북 짖는 하얀색 강아지도 좋다(몸 털만 바짝 깎여 있는 강아지다). 새로 등록한 요가원에서는 좋은 향기가 난다. 커피 한잔하며 일하기 좋은, 마음에 드는 커피숍도 찾아냈다. 빵을 직접 만들지 않고 떼어 와서 베이커리가 아쉽긴 하지만, 시원한 바람이 들어오는 커다란 창이 있다.

그리고 무엇보다 퇴근 시간 맞춰 장롱을 만나, 같이 집으로 걸어가는 길이 좋다.

결혼 일기 17

우리만의 아지트

요즘 우리가 좋아하는 피자집이 정말 마음에 들어서 친구들까지 근방으로 불러내 그 집에 데리고 간다. 쌓여 있는 피자집 적립 포인트를 보고 친구가 "도대체 여기를 얼마나 자주 오는 거야? 돈 벌면 이거 먹으러 오니?" 하고 물었다.

이 집에 가기로 약속을 잡으면 회사에 가야 하는 장롱에게 전날부터 자랑을 한다.

"장롱, 나 내일 점심에 ○○ 피자 먹으러 간다, 시윤 언니랑."

장롱이 배신감 느껴지는 표정으로 "와!!!!!"라고 하면 나는 그게 웃겨서 펄쩍 뛴다.

"부럽지!!!!!!"
"응!!!!"

막상 아침이 되면 장롱은 "우니, 시윤 언니랑 재밌게 놀고 피자 맛있게 먹고 와!"라며 인사하고 출근한다.

'진짜 배신감 느끼는 것도 아니면서….' "와!!!" 하는 표정은 자주 보고 싶다.

가족 규칙

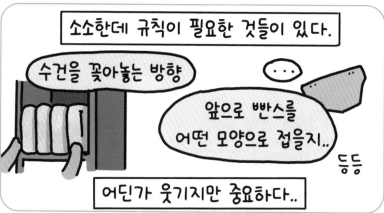

당연스레 한 곳으로
모이던 재활용 쓰레기들이며

장을 봐오면 자연스레
있어야 할 자리로 가는 물건들이라던지

툭

세제는
주방 베란다로

휴지는
거실 베란다로

주방용

세제

식기 건조대 늘 같은 자리에 놓이는 컵의 위치

그런 것들

덜그럭 ..

엄마, 아빠, 언니, 동생이 함께 살던 분당 우리 집 베란다는 화초로 가득했다.

날씨가 좋은 주말이면 엄마, 아빠는 자전거 두 대에 어린이용 안장을 달았다. 엄마 앞에는 동생이 앉고 아빠 뒤에는 내가 앉았다. 언니는 혼자 두발자전거를 탔다. 자전거 세 대에 나눠 탄 우리 다섯 명은 모란장에 놀러 가곤 했다. 팥죽을 사 먹고 시장 구경을 하다가 알로에, 식물 모종이 보이면 조금씩 사 와 베란다에 심었다. 그러고는 나무들을 한 번씩 화장실 욕조로 옮겨 우당탕탕 물을 줬는데, 욕조를 가득 채우던 푸른 잎들이 아직도 기억에 선명하다.

나는 엄마, 아빠가 당연히 내 엄마, 내 아빠로 태어난 줄 알았다. 우주가 시작될 때부터 내 부모님이었을 줄 알았다. 이제야 느낀다.

그들도 부부였겠구나. 집을 가꾸며 살았겠구나.

우리 삼 남매는 그들의 사랑이 가득한 집에서 자란 거구나.

결혼 일기 19

부부

"결혼하면 다 끝이지, 뭐! 호시절 다 갔다!"

"정으로 사는 거야. 앞으로 애 생기면 더할 텐데, 연애를 좀 더 해보지 그랬어."

장난삼아 으레 하는 말들이 있다. 나도 한번 들었다. 이제 너희의 좋은 시절은 다 갔다고.

맞다. 이제 이 사람과의 연애가 끝났다. 설렘이 끝나면 사랑도 끝나는 게 아닐까 걱정했는데 웬걸, 생각보다 좋다(아직 같이 산 지 얼마 되지 않아 그런 거라고 한다면 할 말은 없다).

입 밖으로 꺼내기 민망하지만, 행복을 한 번씩 말해본다.

"가족이 되어가는 과정에도 새로운 설렘이 있는 것 같아. 마음이 점점 더 깊어져."

결혼 일기 20

두 가족

가끔 세상 말을 듣다보면
마냥 멀리하는게 맞나 싶을 때도 있지만

엄마 보기엔
또 아닌 것 같아

어른들한테 잘하고

잘해라 다운아

잘해

늘 예의 바르게
알지

우리 딸 알아서 잘하겠지만..

긴장하는 엄마를 보면서
결혼을 실감하는 것 같다.

오..
오키..

난로에는..
따뜻할 정도로
가까이..!

요즘은 한번씩 엄마가
그냥 다른 집 딸로 보인다.

엄마도 나처럼 딸이었다.

도착한 곳은 정말 따뜻한데

아!

이 온기에 행복해하고 있자면

곧 어딘가 그립고
미안한 마음이 따라온다.

여러 마음이 뒤섞인다.

내 인생 첫 사인회를 하는 날이었다. 예비 며느리 고생한다며 아버님이 밥을 사주러 오셨다. 사실 행사장을 찾는 분이 많다는 확신이 들면 무조건 근방으로 모셨을 텐데, 우리 독자님들이 몇 분이나 자리해주실지 몰라 걱정이 됐다. 혹시나 찬 바람 쌩 부는 현장을 보실까 두려웠던 나는 사인회장에서 아주 멀리 떨어진 곳에 약속 장소를 잡았다. 즐겁게 식사를 마치고 집에 가는 길, 엄마에게 전화를 걸었다.

　"엄마, 오늘 아버님이 양고기 사주셨는데 엄청 맛있었어. 서울에도 엄마, 아빠가 생긴 것 같은 기분이야."
　"그랬어? 잘해주시니? 감사해라."

　한동안 시댁에서 주시는 사랑 이야기를 매일같이 부모님께 전했다. 속도 없이 행복해하는 것 같아서 미안하다가도 내가 행복해야 엄마, 아빠가 안심하지 않을까 싶어서 그랬다.

　내 행복을 알리는 것. 그걸 하기에도 안 하기에도 자꾸만 마음이 무거운 시기였다.

생각보다 어려운 결혼식

결혼을 하고 첫 명절이었다. 제법 긴 연휴였지만 친정은 들르듯 잠시 머무르다가 돌아오자고 했다. 나야 내 가족이 모인 자리니 편하고 좋지만, 혹시나 엄마, 아빠가 마음 편히 쉬지 못할까 봐, 장롱이 불편할까 봐 걱정이었다. 서로 푹 쉬는 명절이 되었으면 해서 빨리 올라가기로 했다. 올라가기로 한 날 아침 일찍 샤워를 하고 머리를 말리는 사이, 엄마, 아빠는 아이스박스에 우리에게 줄 김치랑 과일을 포장하고 계셨고 장롱은 내 동생한테 용돈을 건네고 있었다. 그 모습을 보며 머리를 말리는데 언니가 내 뒤로 다가와 갑자기 눈물을 흘리는 게 아닌가. "내 동생인데 빨리 올라간다아…." 5:5 앞머리 가르마에 머리핀을 꽂고 아련한 표정으로 눈물이 그렁그렁한 언니를 보니 사실 조금 웃겼다. 올라가서 보자고 대답하며 다 마른 머리를 넘기고 쿨하게 선크림을 펴 발랐다.

    그리고 짐을 싣고 차에 올라타는 순간, 창밖으로 보이는 가족의 모습에 심장이 쿵 떨어지는 듯한 기분이 들었다. '어라, 우리 가족이 여기에 있는데 나는 다른 집으로 가는구나.' 창문을 내리고 소리 내서 으아악 하고 우는 시늉을 하다가 진짜 울어버렸다. "아이고, 더 좋은 신랑이랑 가면서 울기는 왜 울어."

    엄마가 볼을 쓰다듬어줬다. 집에 올라오는 길에는 오락가락했다. 눈물이 좀 나다가 괜찮아지면 신나게 수다를 떨다가, 또 갑자기 눈물이 나면 울다가. "더 있고 싶었어? 너무 일찍 올라와서 아쉽지? 어떻게, 유턴해?"

    "아니야, 우리 집에 가자."

지금의 행복에

사랑하지 않는 것들은 나를 화나게 할 수는 있어도 슬프게 할 수는 없다. 나를 슬프게 하는 건 결국 다 사랑이다.

행복은 영원하지 않기에 슬프다. 눈을 크게 치켜뜨고 마음속에 그 순간을 담는다. 영원하고 싶다. 그렇지 않아서 귀하다는 걸 알면서도.

서로 먼저 죽지 말라고 말하는 도돌이표 대화. 그 끝에서는 결국 내가 이긴다.

"장롱 없이 나 혼자 잉잉 울고 있다고 생각해봐."
"어, 그건 안 되는데….."
"그것 봐."

맞잡은 손

많이 봤어?

응

집으로 가는 길
저 멀리 보이는 건물에
사우나가 있었는데

오

우리 사우나

이름이 우리사우나 였다.

사우나 간판의 가운데 글자 불이 나갔다.

띵~

우리 사우나

장롱은 어릴 때 남편이 아내를 부르는 호칭이 '파피'인 줄 알았다고 한다. '파피 = 여보'라고 생각했다고. 그래서 다른 집 아빠들이 엄마를 "파피~"라고 부르지 않아서 혼란스러웠다고 한다. 아버님은 어머님을 평생 그렇게 부르셨단다. '우리 강아지~'라는 뜻도 있지만 더 많은 의미가 담긴 귀한 애칭이라고 들었다. 두 분만의 애칭이니 일단 그 뜻은 비밀에 부친다.

장롱은 사귀기로 하자마자 애칭을 부르고 싶다고, 한번 정해보자고 했다. 자꾸만 애칭을 붙이려 해서 뭘까 싶었는데, 아버님의 판박이 아들이었던 것이다. 그때는 낯간지러워서 애칭으로 불리기 싫어 자꾸만 피했다(자기는 만나자마자 장롱이라고 불러 놓고서는). 불 위의 오징어처럼 배배 꼬면서 피하는 걸 알면서도 웃어가며 이렇게 저렇게 불러보던 장롱은 결국 나를 "운아~" 하고 부른다. 그런데 이제는 그냥 되는대로 불리는 것 같은 기분.

"웅니야~ 운니~ 웅냠아~ 우나~"

그 외에 둘이 있을 때는 대부분 아기라고 부른다는 사실을 친구가 알아버렸다. 테이블 위에 올려둔 휴대폰 화면에 메시지가 떴기 때문이다.

[아킹]

정말 엄청난 놀림을 받았다.

"어, 아기."

"아기, 집에 몇 시에 들어가야 돼?"

세상에서 가장 튼튼한 울타리

이제는 집에 내 편이 하나 있다고 생각하면
무서울게 없어지더라구

진짜 내 편

이제 와보니 무슨 말인지 알 것 같았다.

…

우니가 왔네~

나 왔네~

예전처럼 쉽게 상처받지 않는다.

이 편안함에 언젠가
다른 이에게 실수하지만 않아야지

나도 이제
막 들어왔어

열심히 관계를 쌓고
다양한 사랑을 주고 받으며 살아야지

장롱이 퇴근하면 밖에서 만나 걷다 들어올 때가 있다. 둘 다 일하다 만나 잔뜩 지친 얼굴로 마주친다. 아직은 낯선 동네에는 장롱이 내게 알려줄 새로운 공간이 많다.

　　"우나~ 여기는 초밥집이야. 친구가 그러는데 정말 맛있대."
　　"여기가 내가 다니는 미용실이고."
　　"아 여기! 저번에 내가 우니 사다 준 샌드위치집."

　　그래서 선선한 날엔 꼭 같이 걷고 싶어진다. 하루는 나가는 길에 빵집이 보였다. 빵집에서 모카 번 하나, 소시지 빵 하나를 사서 건넸다. "짜잔 뭐게~" 하고 등 뒤에 숨겨뒀던 빵을 보여주니 빵을 무지하게 좋아하는 장롱이 환하게 웃는다. 집에 가서 먹을 거냐 물으니 당장 먹어보겠다며 바스락대는 갈색 종이 봉투 안으로 손을 집어넣는다.

　　"우니, 먹어봐. 아~"
　　"걸어 다니면서 뭐 먹으면 어른들한테 혼나는데…."
　　"비밀, 비밀!"

　　한입씩 나눠 먹으며 걷다 보니 집에 도착하기도 전에 빵 두 개를 다 먹었다. 빵 두 조각만으로도 우리는 조금 더 행복해진다.

달라진 것들

엄마아빠 속상할까봐 남자친구이던 장롱의 손을
웬만해서는 주물러주지 않았다.

손.. 손만 주물러도
피로가 싹 가시는데..

손가락 마디를 만져주고 싶다가도 말았다.

결혼하고서는 한번씩 주무른다

시원해?

헉 뭐야
진짜 시원해요..

나도 해줄게

종아리 밟아주끄나

어디 발이라도 삐거나 한게 아니면
절대 업히지 않으려 했었는데

자~

어.. 안돼..

나 엄청 무거워..!

우리 아빠는 딸들의 연애 소식을 그리 반기는 분이 아니었다. 딸이 만나는 남자가 좋은 사람일까 걱정했던 거겠지. 어떤 사람인지 보기도 전에 대놓고 걱정하고, 마음에 안 들어 하기도 했다. 괜히 긁어 부스럼 될까 싶어 내가 사랑을 하고 있다는 이야기는 되도록 삼키곤 했다. 아빠랑 매일 전화를 하는 다정한 사이임에도 금기어처럼 사랑 이야기는 하지 않았다. 남자 친구가 있는 걸 뻔히 알면서도 묻지 않고, 말하지도 않았다.

　그냥 마음속으로만 생각했다. '아빠, 이것만큼은 나를 믿어도 돼. 정말 좋은 사람이야. 알게 될 거야.' 그리고 결혼을 하고 나서 처음으로 엄마, 아빠네 집에 갔을 때였다. 거실 바닥에 앉아 있는 나를 보고 아빠가 눈을 마주치고 웃으며 물었다.

　"강아지야, 요즘 재미있나? 행복한가? 응? 그래?"

　우리 아빠의 깊고 밝은 갈색 눈동자를 보고 있으니 마음의 소리가 들렸다. 아빠는 이제 내 사랑을 전혀 걱정하지 않는다.

새로운 세상으로

이 사람의 배에 있는 커다란 점을 보고

배에 초코칩

으아아 땀

초코칩이라고 놀리곤 했었는데

나한테도 같은 위치에 작은 점이 생겼다.

우니도 초코칩 생겼다..!

안돼!!!뭐야 초코 옮았다.

많이 웃었다.

해가 갈수록 닮아가는 사람과

우하하~

장롱을 처음 만난 스물세 살 봄이었다. 처음으로 그가 다니는 학교에 놀러 갔다. 들어가서 교내를 걸어보기도 했다. 여대에 다녔기에 애인과 교정을 걸어 다니는 일이 상상이 잘 안 됐는데(우리 학교에서 남자랑 걸어 다니면 시선이 집중될 게 뻔했다), 내가 남자 친구네 학교에 들어와 걷는다니! 학교에서 남자들이 돌아다닌다니! 별 게 다 놀라웠다.

교내를 한 바퀴 쭉 둘러보고 나니 장롱이 어느 가게 앞으로 데리고 갔다. 문 닫은 라면 가게였다. 머리 위에 물음표를 띄우니 한 가지 고백할 게 있다고 했다. 그리고는 보여줄 것이 있다며 라면 가게 유리문 앞에 섰다.

"혹시 저 안쪽 벽에 붙은 사진 보여?"
"어… 볼게…. 어디?"
"저~~~~~ 안에."

불 꺼진 가게 유리문 앞에 둘이 붙어 서서 안쪽을 유심히 들여다봤다. 실눈을 뜨고 들여다보니 벽에 사진 한 장이 붙어 있는 게 보였다.

"사실 여기 점보 라면 20분 안에 다 먹으면 무료인 가게인데 내가 유일한 성공자야. 그래서 벽에 내 사진이 붙어 있어."

복학생 친구들과 다 같이 도전했다가 혼자만 성공했다고 한다.

사장님이 엄청 기뻐하셨단다. 우리 가게 첫 성공자라며. 얘기가 웃긴데 싫었지만 말하고서 후련해 보이는 그를 보고 차마 웃을 수가 없었다.

"우아, 대단한데?"

이후 성공자가 더 나오지 않았고 그 가게는 얼마 지나지 않아 사라졌다고 한다.

나는 한 라면 가게의 유일한 점보 라면 먹기 이벤트 성공자와 결혼한다. 서로를 추억하고 기억하는 사람과 함께한다. 살면서 받은 축하 중 가장 오래 축하받은 결혼 준비 기간이었다. 좋은 날을 고르다 보니 혼인신고보다 천천히 하게 된 결혼식 날, 이 책이 세상에 나온다. 오늘이 지나면 우리는 사람들 앞에서 정말 신혼부부가 된다.

이 귀한 축하를 기억하며 잘 살아봐야지.

안녕하세요. 다은입니다. 초판에만 실린다는 비밀편지를 적어 봅니다.
올 여름은 그렇게 끝나지 않을 것 같이 덥더니, 어느덧 11월이네요.

만화를 그려온지도 8년, 사랑을 해온 시간도 8년. 올해 저는 만화 에세이를
세상에 내놓기도 했고, 첫사랑과 혼인을 하게 되었습니다.
제 두 첫사랑이 모두 이루어지게 된 참 의미 깊은 2024년이었어요.
근데 또 웃기게.. 가장 기뻐야할 순간인데 제일 두렵기도 합니다.
행복한 마음 위에 앞으로도 이 사랑을 잘 지키고 싶다는 마음이 덮여 겁이 납니다.

언젠가 정말 동경하고 사랑하던 작가님의 결혼 소식에 심숭생숭했던 적이
있어요. 늘 친근하고 유쾌 하던 분이 어딘가 예전같지 않았습니다.
어른처럼 멀게만 느껴지는 그분의 글을 읽기가 어려워 졌었던 기억이 생생
합니다. 그리고 요즘 비슷한 말을 들었어요. 제가 유부가 되니 어딘지
아쉽고 슬픈 마음이 든다고요. 나이 서른 먹도록 슬라임과 인형 사는데에
돈을 쓰고, 역시 떡볶이, 마라탕이 제일 맛있다던 저였는데 갑자기
결혼을 한다고 하니 멀게 느껴진다고요.
(물론 아직도 말랑이 사고 떡볶이 사먹는데 돈을 쓰고 있지만요.. 첩..)

그 말씀에 지난날 사랑하던 작가님을 향했던 서운함이 확 떠올랐어요.
다시 그분의 글들을 하나 하나 읽어보며 생각에 잠겼습니다.

아 앞으로도 시간이 지나 그 상황이 되어 보아야만
알 수 있는 것들이 있겠구나.
그리고 내가 느꼈던 낯설고 어려운 마음을 누군가도 느낄수 있겠구나
날 향한 서운한 마음에 감사하며
계속 하던 일을 해 나가야겠다고 다짐했습니다.

결혼 준비는 생각보다 동화 속 이야기 같지는 않았어요.
생각보다 어렵고 마음이 무거워지기도 하고, 걱정되는 일들도 생깁니다.
그럼에도 살면서 받은 중 가장 길고 긴 축하와 축복을 받았습니다.
또 이런걸 보면 되게 동화 같기도 해요. 일년을 꼬박 매일 축하받는 나날이라니요.

준비를 하면서 지치는 순간이 오면 "남들 많이 하는 결혼이다. 별거
아니다!"라는 마음을 먹어보려 했는데요. 도무지 그런 마음은
먹어지지 않고 결혼해본 모든 어른들이 달라 보이게 됐습니다.
다들 어떤 슬픔과 감동을 느끼며 살아온걸까요? (수능보기전에 어른들이
달라 보였던 것과 비슷한 마음 같아요.「저 분도.. 수능을 봤겠지...?」)

저는 이제 결혼한지 반년, 결혼식을 올린지는 첫날! 이 되었습니다.
해보니까요, 자극적인 이야기가 많이도 들려오는 세상이지만
결혼을 너무 무서워하지 않아도 될 것 같다는 이야기를 살짝 전해봅니다.
꼭 해라, 하지마라의 이야기가 아니고 고민하시는 분들께 용기 정도만
드리고 싶었어요. 이상 이제 막 결혼해서 멋도 모르고 말해보는
새댁의 인사 였습니다.
나의 독자님들이 언제나 좋은 사랑을 하시기를 바라며,
다운 올림.
- 2024. 11. 03. 일요일 -

가끔 교훈을 말하고 싶어하는 사람들을 보면서 흥! 자기도
인생 다 살아본거 아니면서. 정답이 어디 있다고 !!!
라고 생각 했었어요.
내가 그러지 않으려고 했는데. 미니 어른 주제에 은근슬쩍
그런 이야기가 범벅된 책을 써낸건 아닐까 우려가 되네요.
제가 혹시나 교훈같은걸 버무렸다면 가볍게 콧방귀를 뀌어 주세요.